www.ingramcontent.com/pod-product-compliance
Lightning Source LLC
LaVergne TN
LVHW051007051026
849532LV00005B/1853
9789358728415

محبت کے افسانے

(رسالہ 'چہار سو' سے منتخب افسانے)

ادارہ چہار سو

Mohabbat ke afsaney
by: Idara Chaharsu
Edition: August '2023
Publisher:
Taemeer Publications (Hyderabad, India)

ISBN 978-93-5872-841-5
9 789358 728415

کتاب	:	**محبت کے افسانے**
مصنف	:	**ادارہ چہار سو**
صنف	:	فکشن
ناشر	:	تعمیر پبلی کیشنز (حیدرآباد، انڈیا)
سالِ اشاعت	:	۲۰۲۳ء
صفحات	:	۵۰

فہرست

زندگی کے ساتھ ساتھ

چہار سُو

جلد۲۲ شمارہ: مارچ، اپریل ۲۰۱۳ء

جلد۲۳ شمارہ: مارچ، اپریل ۲۰۱۴ء

جلد۲۳ شمارہ: جنوری، فروری ۲۰۱۴ء

ای۔میل: chaharsu@gmail.com

اندر کا رنگ

نیلم احمد بشیر

(لاہور)

بُت رعنا نے مستعدی سے سیلوٹ مارا تو ایک بار کرنل سبحان بھی مبہوت ہو کر اسے تکنے پر مجبور ہو گئے کیا کوئی مرد اتنا خوبصورت بھی ہو سکتا ہے؟ انہیں یقین نہیں آ رہا تھا۔ فوج میں رہ کر انہیں پہلے بھی کئی بار اردلی ملتے رہتے تھے مگر اس جیسا بانکا، سجیلا نوجوان کبھی ان کی خدمت کے لیے عطا نہ ہوا تھا۔ سرخ و سپید رنگت، سنہرے گھونگریالے بال، ستواں ناک، بلوری چمکدار آنکھیں، ایسی نشیلی کہ پل بھر کو تو دیکھنے والا ٹھٹھک کر رہ جائے۔ ''یا اللہ شکر ہے میرے گھر کوئی جوان بیٹی نہیں ہے۔'' کرنل سبحان نے دل ہی دل میں خدا کا شکر ادا کیا کہ انہوں نے اپنی جوان، خوبصورت، اکیلی بیٹی زہرہ کی وقت پر شادی کر دی تھی اب وہ اور ان کی بیوی فارغ البال تھے۔ بڑا بیٹا طاہر امریکہ میں ڈاکٹر تھا اور کم کم ہی پاکستان آتا تھا۔ یہ کرنل سبحان کو ریٹائرمنٹ سے پہلے ملنے والا آخری اردلی تھا۔ انہیں اچھی طرح پتہ تھا کہ اس کے بعد اس قسم کی ذاتی خدمت کروانے کی عیاشی نصیب نہ ہو سکے گی، اس لیے وہ اس نعمت کا خوب خوب فائدہ اٹھانا چاہتے تھے۔

''جلدی سے میرے بوٹ پالش کر کے لاؤ۔۔۔ یونیفارم ٹھیک سے استری نہیں ہوئی، دوبارہ کر کے لاؤ، میری پسند کی کافی بناؤ۔۔۔ وہ ہر وقت اس پر حکم چلاتے رہتے اور وہ نظریں جھکائیں ان کا حکم بجا لاتا رہتا۔ اس خوبصورت اردلی کو اپنا نوکر بنا دیکھ کر کرنل سبحان کو ایک خاص قسم کی تسکین ملتی۔ حسد سے جلتے دل کو قدرے قرار سا آ جاتا۔

''کیوں دوڑاتے ہیں بے چارے غریب کو اتنا۔۔۔ ایک منٹ بھی ٹک کر بیٹھنے نہیں دیتے''، کبھی کبھار بیگم اس پر ترس کھا کر کہیں اٹھتیں تو بڑی نخوت سے جواب دیتے۔

کیوں نہ کام لوں آخر؟ آرڈرلی ہے میرا۔۔۔ آرڈرلی کا مطلب سمجھتی ہو نا۔۔۔ آرڈر لینے والا۔ ویسے بھی ان سالوں سے کام نہ لو تو ان کی ہڈیوں میں پانی پڑ جاتا ہے۔ وہ مطمئن ہو کر ٹانگیں پسار لیتے اور بُت خوبرو کو اشارے سے بلاتے کہ آئے اور ان کے پاؤں دبائے۔ ''انگریزوں نے یہ جاب ہمارے ہاں کے مقامی لوگوں کو غلام بنانے کے لیے ہی Create کی ہوگی''۔ بیگم صاحبہ نے ایک اور تبصرہ کرتے ہوئے کہا۔

''ہاں مگر یہ جاہل ان پڑھ گنوار لوگ اسی قابل ہیں کہ انہیں خچروں کی طرح کام پر لگایا جائے۔ سالے کی شکل غور سے دیکھی ہے تم نے غور سے۔ اس کی دادی یا نانی نے یقیناً سکندر اعظم کے سپاہیوں کے ساتھ راتیں گذاری ہوں گی۔ کرنل سبحان نے کھی کھی کرتے ہوئے بیگم کو ایک غلیظ طریقے سے آنکھ ماری۔

بیگم کو ان کی بات اچھی نہ لگی۔ اس یوسفِ ثانی کے شہابی رنگ، باوقار چال ڈھال، مہذب لب و لہجہ دیکھ کر ان کا خوامخواہ ہی دل اس کی عزت کرنے کو چاہنے لگتا۔ انہیں یہ بہت کھلتا کہ کرنل سبحان اتنے نیک بیبے، فرمانبردار اردلی سے خوامخواہ اتنی سختی سے کیوں پیش آتے ہیں۔ ہر وقت اسے اپنے فضول فضول سے کاموں میں الجھاتے رکھنے کی کوشش کرتے ہیں۔ بار بار جوتے پالش کرواتے ہیں۔ وہ خاموش رہتیں مگر دل ہی دل میں کڑھتی رہتیں۔

بُت کو کرنل صاحب کی اطاعت اور خدمت کرتے دیکھتیں تو اس کی شرافت اور برداشت کی دل ہی دل میں اسے داد دیتی رہتیں۔

اس کے ملکوتی حُسن سے اتنی متاثر رہتیں کہ اسے اپنے لئے کوئی کام ہی نہ کہتیں۔ کرنل سبحان کے کالے کالے سوکھے پاؤں، دو گورے گورے بھرے بھرے ہاتھوں سے دبتے دیکھنا انہیں بہت عجیب لگتا۔ ان کے شوہر اچھے تھے مگر شکل و صورت کے معاملے میں بس اللہ میاں کا بچہ ہی کہلائے جا سکتے تھے۔ سیاہی مائل گندمی رنگت، چھوٹی چھوٹی کشمشی آنکھیں، درمیانہ قد، گنجا سر، چہرے پر خضاب رنگی مونچھیں پہلے تو انہوں نے کبھی نوٹ نہ کی تھیں مگر اب نہ جانے کیوں تضاد میں سب کچھ بہت غیر مناسب سا لگنے لگا تھا۔ ''نہ کریں نہ آپ کی مونچھیں مجھے چبھتی ہیں''، ایک بار کرنل سبحان نے بیگم کے لبوں کا رات گئے بوسہ لینا چاہا تو وہ بے اختیار تلملا اٹھیں۔

''کیا مطلب؟ اب میری مونچھیں تمہیں چبھنے کیوں لگی ہیں؟ یہ کیا بات ہوئی بھلا'' وہ حیران ہو گئے۔

بیگم تڑپ کر ان کی آغوش سے علیحدہ ہو گئیں اور منہ پھیر کے خراٹے لینے شروع کر دیئے۔ کرنل سبحان نے چند لمحے بیگم کی گرمجوشی کی واپسی کا انتظار کیا اور پھر خود بھی منہ لپیٹ کر نیند کی وادی میں اتر گئے۔

انہیں گمان بھی نہیں گزرا کہ بیگم نے تو بس یونہی آنکھیں موند رکھی تھیں وہ کچھ ہی دیر میں اٹھ گئیں۔ شیشے کے آگے کھڑی ہو کر ایک عرصے بعد اپنے سراپا کا بغور جائزہ لینے لگیں۔ پینتالیس سال کی ہونے کو آئی تھیں مگر اب بھی جسم تنا اور پرکشش تھا۔ کرنل سبحان سے ایسے بھی نبھ رہی تھی جیسے عام طور پر شادیاں نبھا کرتی ہیں۔ نہ اونچ نہ نیچ، نہ گھاٹیاں نہ وادیاں، نہ جنگل نہ صحرا، نہ شور نہ سناٹا، راستہ سپاٹ تھا سفر بس طے ہوتا جا رہا تھا۔ زندگی کے بامعنی یا بے معنی ہونے سے کسی کو سروکار تھا نہ دلچسپی۔ دونوں ایک ہی ڈگر پہ گھسیٹتے چلے جا رہے تھے کہ یکدم گھر میں ایک بتِ مرمر، ایک خوبصورت وجود چلتا پھرتا، نظر آنے لگا

تھا۔اب اس کے حسن کے مقابلے میں ہر چیز اور ہر شخص کم صورت دکھائی دینے لگا تھا۔ بیگم صاحبہ نے اپنے جسم کی رعنائی پہ ہلکا سا فخر محسوس کیا مگر ساتھ ہی انہیں شدت سے احساس ہونے لگا کہ اس بدن کے صحرا پر مدت ہوئی ابر ٹوٹ کے نہ برسا تھا۔ان کا ہم نفس، ہم قدم فوجی کب کا پسپا ہو چکا تھا اور فتوحات کے زمانے مدت ہوئی لد چکے تھے؟ مگر وہ خود کو ہاری ہوئی محسوس نہ کرتی تھیں۔ یوں جیسے منتظر تھیں کہ کوئی آئے اور آ کے انہیں ہرائے۔ انہیں پسپا کردے، ڈھیر کردے مگر اب تو انہیں اپنے صحرائے حیات میں کسی گھڑ سوار کے گھوڑوں کی ٹاپوں کی آواز سنائی دیتی تھی نہ ہی اڑتی ہوئی گرد کے بگولے دکھاتی دیتے تھے۔ ہر طرف ویرانی ہی ویرانی تھی۔

کرنل سبحان نے اگلی صبح اُس کو صرف اس بات پر زور سے تھپڑ جڑ دیا تھا کہ ان کے مطابق اس نے ان کے پالتو کُتے شیرو کو کھانا دس منٹ لیٹ دیا تھا۔ تھپڑ اس قدر شدید اور آواز اتنی زیادہ تھی کہ راتب کھاتے شیرو نے بھی ایک بار تو منہ اٹھا کر اس زور سے میاؤں چیاؤں کی کہ لگا کسی نے اُسے ہی کس کر لات رسید کردی ہو۔

بیگم نے بھی ٹوسٹ پر جیم لگاتے لگاتے ایک بار تو زور سے سی کر دی۔ انہیں نادر پر بہت ترس آیا بے چارہ غریب نوکری کی وجہ سے کتنی ذلت برداشت کر رہا تھا۔ بعد میں انہوں نے کرنل سبحان کو پیار سے سمجھانے کی کوشش کی تو کرنل صاحب کی آنکھوں سے شعلے برسنے لگے۔

''بیگم آپ اپنے کام سے کام رکھیں۔ اس طبقے کو زیادہ ہمدردی دکھانے کی ضرورت نہیں ہے میں نے بس ایک تھپڑ ہی لگایا ہے۔ کرنل فخر الدین کا پتہ ہے نا وہ تو اپنی بیلٹ اتار کران سالے اردلیوں کی پٹائی کردیا کرتا ہے۔ فوجی لوگوں میں ایسا ہی ہوتا ہے۔ میں تو پھر بھی بہت رحمدلی دکھاتا ہوں۔'' انہوں نے وضاحت پیش کی تو بیگم نے خاموشی سے موضوع ہی بدل دیا۔ وہ کہہ اور کر بھی کیا سکتی تھیں؟ اس روز انہوں نے لان میں واک کرتے اپنے دل میں اُس کے کوارٹر کی طرف جانے کی خواہش شدت سے محسوس کی مگر وہ جھجک گئیں۔ ویسے ہی انہیں دور سے نظر آگیا تھا کہ بُتِ مرمر کوارٹر کے باہر پڑی چارپائی پر چت لیٹا آسمان کی طرف دیکھتا تھا اور آنسو اس کے گالوں کو بھگوتے جا رہے تھے۔ انہیں یکلخت اس پر پیار آگیا۔ یوں جیسے وہ اسکی ماں ہوں اور وہ ان کا خوبصورت سا بچہ، جس کا سر گود میں سہلا کر وہ اسے کسی پُرسکون دنیا میں لے جانا چاہتی ہوں۔ اردلی کی نظریں بیگم صاحبہ سے جاملیں تو وہ فوراً چارپائی سے اٹھ کھڑا ہوا۔ گھر پر اس وقت کوئی نہ تھا، کرنل سبحان بھی شیرو کو لے کر لمبی واک پر نکلے ہوئے تھے۔

بیگم کے دل میں نہ جانے کیا آئی۔ باورچی خانے میں گئیں اور چائے کی ایک پیالی بنا کر اُس بُتِ سوگوار کے آگے رکھ دی۔ وہ حیراں سا ہو گیا۔

''نہیں جی بیگم صاحبہ۔۔۔ کیا کر رہی ہیں جی آپ؟ آپ کا بہت بہت شکریہ۔ صاحب غصہ ہوں گے جی۔'' وہ بوکھلا کر بولتا چلا گیا۔

''کوئی بات نہیں، مت ڈرو چائے پی لو، طبیعت بحال ہو جائے گی۔'' بیگم صاحبہ نے غیر اختیاری طور پر اُس کی خوبصورت پیشانی کو چھولیا تو وہ ایک دم شانت سا ہو گیا اور نظریں جھکا کر جلدی جلدی چائے کے گرم گرم گھونٹ بھرنے لگا۔ اس کے ماتھے پہ پسینے کی بوندیں اور زیادہ نمایاں ہونے لگیں۔

اس روز کے بعد نہ جانے کیا ہوا بیگم صاحبہ اور اُس بُت وجاہت کے درمیان خاموشی کی زبان میں بات چیت شروع ہو گئی۔ نظریں ملتیں اور لب کھولے بغیر ہی کچھ نہ کچھ کہہ سن لیا جاتا۔ بیگم صاحبہ اس کی موجودگی میں خواہ مخواہ چہکنے لگتیں تو کرنل سبحان سمجھتے وہ ان کی کمپنی میں خوش ہو رہی ہیں اور اسی خوشی میں وہ بھی ہنستے مسکراتے، بات بات پر اس پر حکم چلاتے، سر اور گردن کو مزید اکڑا لیتے۔

سر پر تیل مالش کرواتے کبھی کبھی اونگھ کر خراٹے لینے لگتے تو نادر خاں اور بیگم صاحبہ ایک دوسرے کی طرف دیکھ کر چپکے سے مسکرا بھی لیتے۔ بیگم صاحبہ کو زندگی کچھ اچھی اچھی سی لگنے لگی تھی۔ وہ پہلے کتنی بور اور یکسانیت کا شکار تھیں۔ انہیں ہر وقت احساس رہنے لگا تھا ایک بے کلی سی تھی جس میں چین اور سکون بھرا ہوا تھا۔

ایک روز عجیب واقعہ ہوا۔ کرنل صاحب نے اپنا جمعہ کی نماز کا شلوار کرتا نادر سے استری کروا کر کمرے کی الماری میں لٹکانے کو کہہ دیا اور خود کسی باہر سے آنے والی فون کال کو سننے کے لیے لان میں دور ایسی جگہ جا کر کھڑے ہوئے جہاں سے سگنل کیچ ہو رہے تھے۔

بُت فرمانبردار نے بیڈ روم میں ہولے سے دستک دی اور کوئی جواب نہ ملنے پر آرام سے پٹ کھول کر اندر داخل ہو گیا۔ کمرے میں کوئی نہ تھا وہ کپڑے الماری میں لٹکانے کو پلٹا ہی تھا کہ یکدم ایک تیز مدھر خوشبو نے اسے مسحور سا کردیا۔ بیگم صاحبہ نہا کر نکل آئی تھیں اور اب اپنے جسم پر پرفیوم چھڑک کر تولیئے سے خود کو پونچھ رہی تھیں وہ ایک دم گڑبڑا گیا اور دروازے کی طرف رخ کر کے پلٹنا ہی چاہتا تھا کہ بیگم نے اس کا راستہ روک لیا۔

کپڑے الماری میں لٹکادو۔۔۔ انہوں نے اس کے ہاتھ سے ہینگر لے کر دوبارہ اسی کے حوالے کردیا۔ اسی ایک لمحے میں انہوں نے لذت کے ایک جہان کی سیر کرلی۔ دونوں کے ہاتھ مَس ہوئے تو جسموں میں جیسے کرنٹ سا دوڑ گیا۔ بیگم صاحبہ کی آنکھوں میں شراب سی بھر گئی۔ انہوں نے ذرا سی اوٹ کر کے قمیض پہن لی اور زپ بند کروانے کو اپنی ننگی کمر اس کے سامنے کردی۔ کمر تھی کہ بجلیوں کا دمکتا ہوا سیلاب۔ وہ جلتا بھنتا زمین میں دھنستا چلا جا رہا تھا۔ بیگم نے اس کے ماتھے پہ آیا ہوا پسینہ انگلی سے صاف کر کے اپنی قمیض سے پونچھ دیا اور ہولے سے سرگوشی کی ''اے یوسف تجھے زپ بند کرنا نہیں آتی؟'' اس کے ساتھ ہی وہ کھلکھلا کر ہنس دیں۔

''مجھے معاف کردیں بیگم صاحبہ جی۔ غلطی ہو گئی'' کہہ کر بُت مرمر

فوراً ہی اٹھا اور باہر کو سرپٹ بھاگا۔ بیگم صاحبہ کے لبوں پر ایک مستانی سے مسکراہٹ کھل گئی۔ ''انہیں اس ہلکے پھلکے نازک، رنگین سے واقعے نے حد درجہ محظوظ کیا تھا۔ کتنے عرصے بعد زندگی میں ایسا کوئی مزے دار لمحہ آیا تھا جب صنفِ مخالف کے کسی پرکشش مرد کی قربت انہیں ایک لمحہ کے لیے ہی سہی نصیب تو ہوگئی تھی۔ وہ دل ہی دل میں جھوم اٹھیں اور بقیہ کپڑے پہننے اور گنگنانے لگیں۔

کرنل سبحان کی کال ختم ہوگئی تو وہ اپنے بیڈ روم کی طرف چل دیئے۔ کاریڈور میں بدحواس بھاگتا اردلی نظر آیا تو کچھ اچھنبے میں پڑ گئے۔ پھر سوچا کمرے میں کپڑے ہی رکھنے گیا ہوگا۔ میں نے خود ہی تو اسے کہا تھا۔

''یہ؟'' اِدھر کیا کر رہا تھا'' انہوں نے مشکوک انداز میں بیگم سے سوال کیا۔

''کون؟'' انہوں نے بھولپن سے پوچھا۔

''وہ۔۔۔آیا تھا اِدھر؟'' انہوں نے ایک بار پھر پوچھا۔

''یہاں کس نے آنا ہے؟ کیا کہہ رہے ہیں آپ؟'' کرنل سبحان نے پھر بیگم کی طرف دیکھا جو بے چاری خود ہی اپنے ہاتھوں سے اپنی کمر کی زپ بند کرنے کی کوشش کر رہی تھیں۔ ابھی ابھی رونما ہونے والے حسین اتفاق کی وجہ سے ان کے ہاتھ الٹے سیدھے پڑ رہے تھے۔ مگر انہوں نے اپنے شوہر پر کچھ ظاہر نہ کیا۔

''Let me help you'' کرنل صاحب نے آگے بڑھ کر اپنی خدمات پیش کرنے کی آفر کی۔

''نہیں میں کرلوں گی'' بیگم نے رکھائی سے جواب دیا اور خود زپ بند کر کے بالوں میں کنگھا پھیرنے لگیں۔

''کس وقت آیا تھا وہ؟'' نہ جانے کیوں کرنل سبحان کو کچھ بے چینی سی ہونے لگی۔ کہیں اس نے کسی ایسے غلط وقت میں تو بیڈ روم میں قدم نہیں رکھ دیا جب۔۔۔اس سے آگے وہ سوچنا نہ چاہتے تھے مگر طبیعت میں عجیب بے چینی سی بھر گئی تھی۔

انہوں نے اچانک بیڈ روم کی چٹخنی لگا کر پیار بھرے انداز میں بیگم کو اپنی طرف ہولے سے کھینچا۔

''بڑی پیاری لگ رہی ہو سویٹ ہارٹ'' وہ سرگوشیاں کرنے لگے۔

''ہٹیں نا۔ مجھے پارٹی میں جانا ہے۔ دیر ہو رہی ہے۔۔۔شیریں انتظار کر رہی ہوگی''۔ اس نے انہیں پیچھے دھکیلتے ہوئے اپنی دوست شیریں کے ہاں جانے کا یاد دلایا۔

''بھئی آدھے گھنٹے لیٹ چلی جانا۔۔۔ جلدی کیا ہے۔ کرنل صاحب نے اپنے آپ کو بیگم سے چھوڑتے ہوئے کہا۔

''چھوڑیں۔ آدھے گھنٹے کی بات تھوڑا ہی ہے۔ کئی گھنٹے ضائع ہو جائیں گے''

بیگم نے کرنل صاحب کو یاد کروا دیا کہ وہ اب ایک تھکا، ہارا پسپا، پرانا سپاہی ہیں میدان جیتنا اُن کے لیے اتنا آسان نہیں رہا جتنا پہلے ہوا کرتا تھا۔ سپاہی نے ہتھیار پھینک دیے اور خاموشی سے ٹی۔ وی آن کر دیا۔

بیگم تیار ہو کر گاڑی میں بیٹھ گئیں تو کرنل سبحان بستر پر پڑے کڑھتے رہے۔ کہیں وہ باسٹرڈ۔۔۔ ان کے دماغ کی سوئی بار بار اٹکنے لگی۔ مگر وہ اس خیال کو ناممکن سمجھ کر ٹالتے رہے۔ ایسا کیسے ہوسکتا ہے ایک اردلی کی اتنی جرأت کیسے ہوسکتی ہے۔ نہیں نہیں مجھے یونہی وہم ہونے لگا ہے۔

اس روز کے بعد نہ جانے کیا ہوا۔ کرنل صاحب نے اُس پر حد سے زیادہ سختی اور ظلم کرنا شروع کر دیا۔ بات بے بات انہیں اس پر غصہ آتا تو وہ اسے جھڑکتے اور ذلیل کرنے لگتے۔ ایک روز تو حد ہوگئی۔ بیگم باہر گئی ہوئی تھیں ان کے گھر میں گھستے ہی انہوں نے پیٹی اتار لی اور اسے بے دردی سے مارنا شروع کر دیا۔ اس کا قصور بہت نا قابلِ معافی تھا۔ وہ فروٹ منڈی سے صبح سویرے جو تربوز لایا تھا وہ مکمل طور پر سرخ نہیں بلکہ اندر سے سفید یعنی کچا تھا۔

''تجھے سودا صحیح لانے کی تمیز نہیں ہے؟ نالائق، میرے پیسے ضائع کروا دیئے تو نے۔۔۔''

وہ اسے دھنا دھن پیٹ رہے تھے اور بکتے جا رہے تھے۔

''نہ ظلم کریں اس بے چارے پر۔۔۔'' بیگم صاحبہ زبان پر قابو نہ رکھ سکیں اور بیچ میں بول پڑیں۔ بُت مظلوم کو بچانے کے لیے انہوں نے ہاتھ آگے بڑھا دیا تو اس پر بھی ایک ضرب لگی۔

''پاگل ہوئی ہو! ہاتھ پیچھے ہٹاؤ اپنا۔ اس بے شرم کو میں سبق سکھا کر رہوں گا۔ آج کے بعد اسے ہمیشہ یاد رہے گا کہ تربوز کے اندر کا رنگ کیسا ہونا چاہیے؟''

انہوں نے زور سے اپنی بیلٹ کو گھما کر بُت مجبور کی کمر کے گرد چوٹ لگائی وہ تڑپ کر بولا ''مجھے معاف کر دیں''۔

''صاحب جی۔ مجھے کیا پتہ تھا کہ یہ اندر سے لال نہیں ہے۔ دکاندار نے گارنٹی دی تھی میرا اس میں کوئی قصور نہیں''۔ یہ سن کر کرنل سبحان کے ہاتھوں میں اور طاقت بھرتی چلی گئی۔ اس واقعے کے بعد وہ بالکل خاموش رہنے لگا۔ اب اس نے بیگم صاحبہ سے نظریں ملانا بھی چھوڑ دیں تھیں وہ سمجھ گیا تھا کہ وہ نوکر ذات ہے، اسے اپنی حد سے تجاوز نہیں کرنا چاہیے۔ بس کسی طرح سے میری نوکری بچی رہے۔۔۔ یہ سوچ کر وہ خود کو سمجھا بجھا کر بہلانے کی کوشش کرتا رہا۔ بیگم صاحبہ کو لگا جیسے وہ اس سے ناراض ہو گیا ہو۔ وہ اکثر اس کی بلوری آنکھوں میں جھانکنے کی کوشش کرتیں مگر وہ اپنی نگاہیں اوپر ہی نہ اٹھاتا۔ گھر میں عجیب اداسی اور بیزاری کی فضا قائم ہوگئی تھی۔ وہ سوچنے لگیں پھیکے پھیکے رنگوں کی خوبصورت دھنک، ایک بار بھولی بھٹکی ان کے دل کے ویران آسمان پر ابھری تو تھی مگر اب پھر تپتی دھوپوں کا موسم چلا آیا تھا۔

صبح اخبار پڑھتے پڑھتے بیگم صاحبہ نے کرنل سبحان کے سامنے ہی اسے پہلی بار اپنے کپڑے استری کرنے کو کہا تو وہ سر جھکا کر ''جی بیگم صاحبہ'' کہہ کر ان کے کپڑے اٹھا کر چلا گیا۔ کرنل صاحب کا یکبارگی تو خون کھول اٹھا مگر وہ اُس کے سامنے بیگم کو کچھ کہنا نہ چاہتے تھے مگر انہیں رہ رہ کر یہی خیال آتا رہا کہ اس نانہجار دو ٹکے کے اردلی کو میری بیوی کا کام کرنا، اس کے خوبصورت کپڑے استری کرنا کتنا اچھا لگ رہا ہوگا۔ ان باریک ملائم مہین کپڑوں پر ہاتھ پھیرتا وہ نہ جانے کیا سوچ رہا ہوگا۔ کہاں کہاں جا پہنچ رہے ہوں گے اس خنزیر کے خیالات۔

یہ سب سوچتے سوچتے کرنل صاحب کو از حد وحشت ہونے لگی۔ وہ گھبرا کر سوچنے لگے ''یہ سالا تو مجھے نفسیاتی مریض بنا دے گا۔ اسے واپس رجمنٹ بھجواتا ہوں اور کوئی اور اردلی منگواتا ہوں'' انہوں نے دل ہی دل میں فیصلہ کر لیا کہ اب جلد ہی اسے فارغ کر دیں گے۔

اگلے روز نہ جانے کیا ہوا۔ وہ پھر وہی غلطی کر بیٹھا۔ منڈی سے تربوز لایا اور چپکے سے بیگم صاحبہ کے آگے رکھ دیا۔ چھری اور بڑی سی ٹرے بھی پاس ہی رکھ دی اس روز اس نے سیاہ کرتہ شلوار پہن رکھا تھا جس میں اس کی مردانہ وجاہت مکمل طور پر نکھر کے سامنے آ رہی تھی۔ ''ماشاء اللہ'' بیگم نے اسے دیکھتے ہوئے زیر لب کہا اور تربوز کاٹتے کاٹتے نہ جانے کیسے اپنی انگلی کاٹ بیٹھیں۔

''بی بی آپ کا دھیان ہے کدھر آخر؟'' کرنل صاحب نے انگلی سے خون کی پتلی سی لکیر پھوٹتی دیکھی تو چیخ کر بولے۔ ساتھ ہی ان کی نگاہ کٹے ہوئے تربوز پر جا پڑی۔

''اوئے بے وقوف، جاہل، بے عقل آج پھر ویسا ہی تربوز اٹھا لایا ہے؟ انہوں نے سفیدی مائل کچے تربوز کو ہوا میں بلند کر کے زور سے کہا:

''او باسٹرڈ تجھے کوئی عقل بھی ہے یا نہیں؟'' وہ غرائے

اردلی اپنی جگہ سے یوں اچھلا جیسے اسے کسی بھڑ نے کاٹ لیا ہو۔

''کرنل صاحب جی۔ مجھے یہ گالی نہ دیں'' وہ بھی جواباً چیخا۔ میجروں، کرنیلوں کے درمیان رہتے رہتے اسے اس گالی کا مطلب اچھی طرح پتہ چل گیا تھا۔

''گالی نہ دوں باسٹرڈ؟ میں تو تیری چمڑی ادھیڑ دوں گا'' پھر سفید تربوز اٹھا لایا ہے۔

کرنل صاحب نے اپنی چمڑے کی پیٹی کھول لی۔

معاف کر دیں جی مجھے پتہ نہیں تھا کہ تربوز کتنا لال ہونا چاہیے۔ وہ منت کرنے لگا۔

''تربوز اتنا سفید بھی نہیں یہ دیکھیں گلابی سا تو ہے'' زلیخا بے چین ہو کر بولیں۔ نہ جانے کیوں اس کا دل بے طرح گھبرانے لگا تھا۔

''گلابی نہیں لال ہونا چاہیے۔۔ لال۔۔۔'' کرنل صاحب نے پیٹی گھما کر زور سے اردلی کو مارنا شروع کر دیا۔ ان کے منہ سے مغلظات بھی جاری ہو گئیں۔

پھر نہ جانے کیا ہوا۔۔۔ بت منجمد کو بھی غصہ آ گیا اس نے پھرتی سے ایک زقند بھری اور میز پر پڑی چھری کرنل کے بڑے سے پھولے ہوئے پیٹ میں گھونپ دی۔ سرخ سرخ خون کا فوآرہ اُبلا اور زمین پر گر کے لکیریں بنانے لگا۔

''زلیخا'' کرنل سبحان کے حلق سے گھٹی گھٹی چیخ نکلی۔

''کیوں کرنل صاحب۔۔۔ تربوز کو اتنا لال ہونا چاہیے۔ بتائیے کرنل صاحب اندر کا یہ رنگ ٹھیک ہے نا؟'' وہ ہذیانی کیفیت میں چیختا اور وار کرتا چلا گیا۔

☆

’’صنم تراشیدہ‘‘

آغا گل

(کوئٹہ)

ہمارے استاد ذی وقار عنائیت اللہ ڈائریکٹر جنرل سول سروس اکیڈمی لاہور نے محسوس کیا کہ افسر نہ تو سول (شائستہ) بن پائے ہیں اور نہ ہی سروینٹ (عوام کے خادم) تو مئی ۱۹۸۱ء میں ہمیں تین ماہ کے لیے حوالہ فوج کر دیا گیا۔ یہ ایک نہایت ہی غیر شاعرانہ موسم تھا۔ غضب کی گرمی، اس پر حبس کا عالم۔ مجھ جیسے مہم جو تو خوش ہوئے کہ چند ماہ ڈائریکٹر جنرل کی ڈانٹ ڈپٹ اور خشمگیں نگاہوں سے دور رہیں گے۔ مگر پپوٹائپ افسر جنہیں ممی بچپن سے ہی کار میں اسکول لایا لے جایا کرتی بے حد پریشان ہوئے کیونکہ فوج میں ریشمی یا ململ کی وردی پہننے کی اجازت نہ تھی۔ علاوہ ازیں انہیں یہ بھی خدشہ تھا کہ کہیں جان چھڑانے کے لیے فوج کشمیر نہ بھجوا دے جہاں وہ جہاد کے نام پر خندقوں میں رومانی ناول پڑھنے پر مجبور ہوں۔ مجھ صحرائی کو لاہور میں متعین کیا گیا۔ ہمیں اجازت تھی کہ پوسٹنگ پر اعتراض ہو تو برگیڈ کمانڈر کے گوش گزار کر سکتے ہیں۔ میں نے بھی انٹرویو مانگا اور عرض کی کہ مجھے جنگلوں بیابانوں میں لگایا جائے۔ برگیڈ کمانڈر سخت متعجب ہوا کیونکہ لاہور کی پوسٹنگ کے لیے تو ایک زمانہ لگ جاتا ہے۔ میں نے بتلایا کہ بلوچستان سے میرا تعلق ہے میں دشت وجبل اور کھلی فضاؤں کا عادی ہوں۔ جبکہ لاہور میں انسان ہی انسان ہیں۔ ایک اینٹ اٹھاؤ تو دو انسان نکل آئیں۔ ایسا اژدھام کہ میرا دم گھٹتا ہے۔ برگیڈ کمانڈر زیر مونچھ مسکرایا ’’بارڈر پہ جاؤ گے؟‘‘ عرض کی مجھے چاہے چولستان لگا دیں مگر انسانوں کے بے ہنگم ہجوم سے بچائیں عین نوازش ہو گی۔ برگیڈ کمانڈر کا اس نرالے مطالبے پر دل یوں پسیجا کہ آخر کار یہ فیصلہ ہوا کہ مجھے فائیو بلوچ رجمنٹ میں لگا دیا جائے جو ان دنوں باڈر ڈیوٹی پہ تھی۔ وہیں برگیڈ میجر سے ملاقات ہوئی جو میرے بھائی میجر احمد گل کا کورس میٹ نکلا اس نے کچھ اسرار و رموز سمجھائے مبارکباد بھی دی کہ پرانے یونٹوں کی اپنی روایات ہوا کرتی ہیں۔ فائیو بلوچ رجمنٹ کی قابل رشک تاریخ ہے۔ مجھے اکیڈمی سے سامان لانے کے لیے ڈھائی ٹن کا ٹرک مرحمت ہوا۔ بڑے سے ٹرک میں اکیڈمی پہنچا تو لوگ خوفزدہ ہو گئے کہ شائد فوجی حملہ ہو گیا ہے۔ ان کی تشفی اور تسلی کی۔ پھر اپنا بیگ اسی ٹرک میں رکھ کر یہ گیت گنگناتا بارڈر کی جانب روانہ ہوا۔

’’اے مردِ مجاہد جاگ ذرا اب وقتِ شہادت ہے آیا‘‘

پیچھے مڑ کے دیکھا تو میرا بیگ دل مضطر کی طرح اچھل کود کرتا ٹرک کے مختلف گوشوں میں سر پٹک رہا تھا۔ بارے میں سائیفن کی پوسٹ پر پہنچا۔ مجھے خدشہ تھا پھدکتا ہوا بیگ باہر نہ گر چکا ہو الحمدللہ بیگ موجود تھا۔ یہاں میرا تعارف کرنل شفیق نیازی سے کرایا گیا۔ میجر اشفاق پرویز کیانی، میجر شفیع قریشی، میجر جہانیاں، کیپٹن خالد اور دیگر افسروں سے ملا۔ ایک عدد خیمہ برائے رہائش مجھے عطا ہوا۔ یہ فرمودہ بھی ملا کہ مجھے وردی پہننی ہو گی۔ عرض کی اس جنگل میں درزی کہاں تلاش کروں۔ یہ جان کر دل ناتواں کو فرحت ہوئی کہ چونکہ میں باقاعدہ فوجی نہیں ہوں۔ ہر مطلوبہ شے مجھے لون پر مل سکتی ہے۔ وطن عزیز بھی لون پر زندہ ہے قلبی مسرت ہوئی کہ میرے تین ماہ بھی بہ خیر و خوبی لون پر ہی گزریں گے۔ اُن کے پاس کسی موٹے تازے فوجی کے ناپ کی وردی موجود تھی، وہی مجھے پہنا دی گئی۔ اس پر ایک PIP سکینڈ لیفٹینینٹ کا بطور رینک لگا دیا گیا۔ شائد فوج نے کبھی حالات سے مجبور ہو کر گینڈے کی کھال کے بوٹ بنوائے تھے۔ کمبخت بوٹ کیا لوہے کا شکنجہ تھا۔ اس کی بجائے ننگے پیر چلنا بہتر تھا۔ مگر فوج نے اجازت نہ دی کہ وردی کے لوازمات اور پروٹوکول ملحوظ رکھنا ہو گا۔ یوں لگتا کہ تازہ رینک کے باعث لنگڑا کے ابا کی وردی میں چلا جا رہا ہوں۔ اس وقت تو مجبوری تھی مگر بعد میں سائز کے مطابق وردی مہیا کرنے کی نوید سنائی گئی۔ میں نے فوجی میس (Mess) ہی دیکھے تھے۔ آرمی کلبوں میں کھانا کھایا تھا یہ شہزادہ بدر منیر والا فوجی ماحول پہلی بار ملا تھا۔ بدر منیر کی تو حاتم طائی دل جوئی کر دیا کرتا یہاں تو یہ عالم کہ باہر درجہ حرارت چالیس ڈگری ہوتا تو خیمے میں اڑتالیس ڈگری۔ اس خیمے میں استراحت فرماتے ہوئے یوں لگتا کہ جیسے کسی تندور میں آ گھسا ہوں۔ ساتھ ہی ایک لمبوترا خیمہ تھا جس پہ دُور سے محمل لیلیٰ کا گماں ہوتا۔ یہ واش روم تھا۔ جی میں آتا کہ اکیڈمی جا کر ڈی جی کے قدم لوں اور برمحل مصرعہ سناؤں ’’کر ساری خطائیں معاف میری تیرے در پہ میں آن گرا‘‘ مگر مجھے تین ماہ کی فوجی جیل کاٹنی تھی ورنہ تو مجھے Renegade قرار دے دیا جاتا یہاں بجلی بھی نہ تھی۔ ہمارا میس ایک دہشت ناک بنکر میں تھا۔ کھانا کھاتے خوف آتا کہ چھت ہی نہ آ گرے۔

میرے فرائض منصبی میں وردی پہن کر اونگھنا اور جمائیاں لینا شامل تھا۔ فوجی افسر اپنے کاموں میں تندہی سے مصروف رہتے۔ جیپوں میں اِدھر اُدھر نکل جایا کرتے۔ واقعی لاعلمی بڑی نعمت ہے چونکہ مجھے کوئی کام آتا نہیں تھا مجھے ڈیوٹی ہی نہ دی جاتی۔ ایک جنگی مشق میں جبکہ گینڈے کی کھال والے ادھارے جوتے میں مارچ کر رہا تھا تو بار بار گمان ہوتا کہ حبس اور گرمی میں بیہوش ہو کر گر ہی نہ پڑوں۔ یہ تو تسلی تھی کہ بٹالین اٹھا لے گی مگر خفیہ جائزے سے یہ دہشت ناک انکشاف ہوا کہ کسی جوان کے سر پر چارپائی نہیں ہے۔ مجھے وہ اٹھاتے کیسے؟ کہیں گمنام شہید کا کتبہ لگا کر آگے ہی نہ بڑھ جاتے۔ اسی سے پہلے کہ میں وطن کی راہ میں جان دیتا مجھے ایک ٹینک پر سوار کرا دیا گیا۔ جس سے جان میں جان آئی۔ ٹینک بالکل لیاری کی گدھا گاڑیوں کی طرح اچھلتا کودتا چلا جاتا

ہے، مضبوطی سے نہ پکڑا جائے تو کیا عجب سوار اس کے Tracks میں گر کر چوہا چاپر ہو جائے۔ ٹینک کو سڑک کی بھی ضرورت نہیں ہوتی جہاں چاہا راستہ بنا لیا۔ دل ہی دل میں سوچا جب اللہ نے توفیق دی تو کار کی بجائے ٹینک کی خریدوں گا نہ رش کی پرواہ نہ ہی ٹکر لگنے کا خطرہ۔

میں نے کمانڈینٹ شفیق نیازی سے فریاد کی کہ لاکھ سویلین سہی مگر میں عسکری خاندان کا فرد ہوں مجھے کوئی کام دیا جائے۔ بیکار بیٹھے سے سبکی ہوتی ہے معیوب سا لگتا ہے کہ یونٹ کے افسر اور جوان تو جان لڑا رہے ہوں اور سویلین ڈھیلی وردی پہنے درختوں تلے بیٹھا رہے۔ اس سے تو ہاراکاری ہی بہتر ہے۔ کرنل نیازی نے مجھے ڈاک سے متعلق کام تفویض کیا۔ اور یہ کہ اہم ملکی خبریں روزانہ پیش کیا کروں۔ تاریخ میں میری دلچسپی سے متاثر ہو کر مجھے یونٹ کے ریکارڈ کی مدد سے اس کی تاریخ مدون کرنے کا کام بھی سونپا گیا۔ ہمارا یونٹ ڈھائی سو برس سے سلامت تھا۔ پہلے پہل اس کا نام غوث کی پلٹن تھا۔ اعلیٰ کارکردگی کے سبب اس یونٹ کو برما بٹالین کے نام سے Raise کیا گیا۔ کارہائے نمایاں انجام دینے، دلیری اور شجاعت کے باعث فائیو بلوچ رجمنٹ مقبول اور محترم ہوئی۔ غرض یہ کہ کام ملنے کے باعث طمانیت سی محسوس ہوئی۔ یوں میں اس یونٹ کا حصہ بن گیا۔ کرنل نیازی ممتاز کرکٹر عمران خان کے کزن تھے۔ تاریخ پہ انہیں عبور حاصل تھا۔ سہ پہر میں واک پہ مجھے ساتھ لے جاتے۔ تمام تر گفتگو تاریخ پہ رہتی۔ قبل ازیں میرا گمان تھا کہ فوجی محض بندوق چلانا اور لڑنا ہی جانتے ہیں مگر ان کے ساتھ رہ کر انکشاف ہوا کہ صاحبِ علم اور وسیع مطالعہ کے لوگ ہیں۔ ان میں حب الوطنی رکھ رکھاؤ اور قابل تقلید بھائی چارہ تھا۔

یہاں ایک نئی اصطلاح کا علم ہوا On Prade میں افسر شیر کی آنکھ سے دیکھتے۔ ان کا مکمل پروٹوکول ہوتا۔ ذرا ایک سے دوسری بات کی تو وہ جان نکال لیتے۔ مگر ڈیوٹی کے بعد Off Prade ہونے پر بھائی چارہ لوٹ آتا۔ کمانڈنٹ میس میں لفٹین سے تبادلہ خیال کرتے، لطیفے بھی سن لیا کرتے۔ پورا یونٹ ایک خاندان کی طرح تھا۔ میں جلد ہی ان سب سے گھل مل گیا ان کے دکھ سکھ سانجھے تھے۔ یونٹ ایک گھر کی طرح تھا۔ یونٹ میں آتے تو سارے سائیٹ ملیریا ختم غم ختم کے نعرے کی طرح ختم ہو جایا کرتے۔

سہ پہر میں فرصت رہا کرتی میں نے خاندانی مرغ قریبی گاؤں سے منگوا کر ان کی یخنی بنائی تو افسروں کو بہت پسند آئی۔ اب یخنی کی فرمائشیں ہونے لگیں۔ مگر شرط یہ تھی کہ میس کی جانب سے مرغ منگوائے جائیں گے۔ ایسے میں ہم اپنی مدد آپ کے تحت تفریحاً جنگل سے خشک لکڑیاں اکٹھی کرتے، آگ جلاتے اور یخنی بنایا کرتے۔

میجر شفیق قریشی مجھے اپنی شارٹ گن دے دیا کرتے جس سے میں شکار کرتا پھرتا۔ میجر اشفاق کیانی باقی افسروں سے قدرِ مختلف تھے۔ وہ سنجیدہ سے رہتے۔ وہ Professionally Sound تھے۔ زیادہ وقت اور توجہ فوج اور فوجی امور پہ مبذول رکھتے۔ کیپٹن خالد سے البتہ خوب گپ شپ رہتی۔ وہ میرا Next Door Neighbour بھی تھا یعنی ساتھ کا خیمہ اسی کا تھا۔ رات میں خوب قصے کہانیاں چلتیں۔

مجھے جی تھری بندوق طلب کرنے پہ بھی نہ دی گئی کہ Wild Boar کا شکار کروں۔ مجھے بتلایا گیا کہ گولی کی رینج بہت زیادہ ہے چونکہ ہر سمت جنگل ہے اور قدِ آدم ایلی فینٹ گراس بھی ہے۔ سمت کا اندازہ بھی نہ ہو پاتا۔ پگڈنڈیاں بھی ادھر اُدھر گھوم جاتیں۔ یہاں چلتے ہوئے چہرے کے دائیں بائیں ہاتھ بلند رکھنے پڑتے مبادا قدِ آدم گھاس آنکھوں کو زخمی نہ کر دے۔ گولی غلطی سے دشمن کے علاقے میں چلی جاتی تو اسے اشتعال انگیز کاروائی یا حملہ تصور کیا جاتا۔

فوجی افسروں نے مجھے بھی تاکید کر رکھی تھی کہ شارٹ گن سے شکار کرتا زیادہ دور نہ جاؤں۔ اگر بھٹک کر دشمن کے علاقے میں جا نکلا تو چونکہ میں فوجی نہیں ہوں وہ مجھے جاسوس گردانیں گے۔ جنگی قیدی اور سپاہی کا تو عالمی طور پر احترام کیا جاتا ہے مگر جاسوس کی درگت بنتی ہے۔ مجھے پہلو میں بیٹھے گھات لگائے دشمن کا ہمہ وقت خوف رہتا۔ کبھی آمنا سامنا ہوتا تو اس شارٹ گن سے جس میں چار نمبر کے کارتوس تھے کچھ بھی نہ کر پاتا۔ میرے پاس شارٹ گن کے Slugs بھی ہوتے تو ذرا ڈھارس بندھی رہتی۔ میں دشمن سے دل ہی دل میں خائف بھی رہا کرتا کہ جانے کب شب خون ماریں یا غفلت میں ہی آلیں۔

ایک روز افسر کہیں نکلے ہوئے تھے۔ میں نے اکیلے ہی شام کے لیے ہفتہ وار یخنی بنائی۔ نہا دھو کر لباس بدلنے کیلئے مخمل لیلیٰ میں گیا۔ غسل کیا ہی تھا کہ اتنے میں کہیں سے ایک سانپ چلا آیا اور باہر نکلنے کی جگہ پہ پرال میں جا چھپا۔ ایک بار تو دل میں آیا کہ خیمہ کاٹ کر ارشمیدس کی طرح نعرے لگاتا باہر بھاگ جاؤں مگر یوں بڑی سبکی ہوتی۔ جیسے تیسے تیار ہوا اردلی کو آواز دی کہ یخنی کے پاس پڑی قصابوں والی چھری اندر پھینک دے۔ چھری ہاتھ میں لے کر میں پرال پر ٹوٹ پڑا۔ دیوانہ وار چھریاں چلائیں تو پرال کے ساتھ ہی سانپ کے بھی دو ٹکڑے ہو گئے۔ بہت خوشی ہوئی کہ موذی کو مار ڈالا۔ ان دنوں بھارتی فلموں میں عموماً ریکھا اچانک ناگن بن جایا کرتی پھر گھوم پھر کے دوبارہ ایک میک اپ زدہ عورت میں منقلب ہو جایا کرتی۔ سانپ اگر ریکھا بن کر یونٹ میں آتا تو مجھے ازحد خوشی ہوتی مجھے ریکھا کا پرکار کے دائروں سے بنا جسم خوبصورت لگتا۔ چہرے کی ملاحت اور آنکھیں اچھی لگتی تھیں۔ یہ الگ بات کہ میرا کمانڈر ناراض ہوتا مگر خیر۔ شیخو نے بھی تو انارکلی کے لیے مغلِ اعظم کو تپا دیا تھا۔ اور میرا تو کورٹ مارشل بھی نہیں ہو سکتا تھا۔ کیونکہ میں سیولین تھا اور نہ ہی جنگل میں اینٹ نام کی کوئی چیز تھی کہ کمانڈر مجھے دیوار میں چنوا دیتا۔ البتہ کئی ایک انگریزوں کی کتابوں میں پڑھ رکھا تھا کہ ایک سانپ کو مار ڈالو تو اس کی آنکھوں میں مارنے والے کی تصویر رہ جاتی ہے جسے دیکھ کر اس کا جوڑی دار قاتل کا پیچھا کرتا ہے اور انتقام لیے بغیر نہیں چھوڑتا۔ میں نے سانپ کے ٹکڑے سلگتے کوئلوں پہ ڈال دیئے اور کچھ

ٹہنیاں اوپر بھی رکھ دیں کہ خاک ہو جائے۔ ساتھی کو خبر ہونے تک سانپ کا یہ بھی پتہ نہیں چلتا کہ نر ہے یا مادہ۔ دوسرا سانپ رنڈوا ہوا ہے یا بیوہ۔

یہ چتا ابھی سلگ ہی رہی تھی کہ دو کیپٹن اور ایک لفٹین چلے آئے۔ میری جواں مردی کی تعریف کی اور سانپ کو آگ میں ڈالنے کا سبب پوچھا۔ میں نے اپنا سارا علم ان پر لنڈھا دیا۔ بات آئی گئی ہوگئی۔

رات میں ہم بنکر میں کھانا کھا رہے تھے کہ ایک اژدھے کا ذکر چل نکلا۔ معلوم ہوا کہ دشمن کے علاقے میں رہتا ہے۔ جس کے باعث آج تک مارا نہ گیا۔ گھاس میں رینگ رینگ کر آتا ہے گھات لگائے رہتا ہے موقع پاتے ہی چھوٹے چھوٹے جانور منہ میں دبوچ لیتا ہے اور دوبارہ دشمن کے علاقے میں چلا جاتا ہے۔ دشمن چونکہ ناگ دیوتا کی عزت کرتا ہے اژدھے کو وہ کچھ نہیں کہتے بلکہ اس کی تواضع کے لیے دودھ کی بالٹیاں رکھ دیتے ہیں۔ مجھے سینے میں سانس رکتی ہوئی محسوس ہوئی۔ کیا پتہ اژدھا اسی مقتول سانپ کا جد امجد یا ابا جان ہو میں نے گھبرا کے سوال کیا ''اب تک اسے مارا کیوں نہیں؟''

کیپٹن خالد نے آہ بھری ''کیا کریں ساٹھ برس سے کوششیں ہو رہی ہیں وہ کمانڈو ٹائپ کا اژدھا ہے رینگتا ہوا آتا ہے گھنٹوں دم سادھے پڑا رہتا ہے۔ گھات لگائے انتظار کرتا ہے۔ انسان پر بھی حملہ کرتا ہے اور یوں نکل جاتا ہے''

بنکر سے واپسی پر میں نے احتیاط سے قدم اٹھائے ہر لہراتی جھاڑی اور آہٹ پر اژدھے کا گمان ہوتا۔ اب شارٹ گن ساتھ لئے پھرنا بھی تماشہ سا بن جاتا۔ واحد ہتھیار جسے چھپایا جا سکتا تھا وہ چھری تھی اسے احتیاط سے پنڈلی کے ساتھ باندھ لیا کرتا۔ چھری اژدھے پر کس قدر کارگر ہوگی اس میں بھی تذبذب تھا کیونکہ مجھے بتلایا گیا تھا کہ اژدھے کی عمر ننانوے برس ہے۔ سو برس کا ہوا تو پھر اپنی شکل بدلنے پر بھی قادر ہوگا۔ کیا عجب کچھ مال پانی دے کر شناختی کارڈ بنوا لے اور حسب معمولی جعلی ووٹوں کے ذریعے ہمارا صدر ہی بن جائے۔

میں نے اردلی کو کچھ رقم دی کہ قریبی گاؤں سے ایک ٹارچ خرید لائے، قریب ترین گاؤں بھی خاصا دور تھا چونکہ وہ فوجی تھا ایلی فینٹ گراس میں چھپی پگڈنڈیوں میں راہ تلاش کرتا کسی طور شام تک ٹارچ خرید لایا۔ فلمی ہیرو مولا جٹ کا گاؤں بھی اسی علاقے میں تھا۔ یہ ایسا دشوار گزار علاقہ تھا کہ ڈاکو تو کیا اژدھا بھی ایسا کیموفلاج رہتا کہ ڈھونڈے نہ ملتا۔ میرا بس چلتا تو ہنومان کی طرح یہ جنگل ہی اٹھا لیتا اور جا کے جھالاوان میں رکھ دیتا۔ اس اژدھے کا انسان سے خدا مارے کا بیر تھا۔ اژدھے کے سبب میں رات کو باہر نکلتا تو چاندنی رات کے باوجود ٹارچ جلائے رکھتا۔ اس کی روشنی دائیں بائیں ڈالتا رہتا۔ مبادا کہ اژدھا اچانک حملہ آور ہو تو میں نپٹ نہ پاؤں۔ تعجب اس بات پہ تھا کہ صرف کیپٹن اور لیفٹیننٹ ہی اژدھے کے دہشت ناک واقعات سنایا کرتے کبھی کسی میجر یا پھر کمانڈو نے اس بارے میں بات نہ کی۔ ایک بار میجر کیانی سے میں نے دریافت کیا ''اس جگہ پر سنا ہے کہ سانپ اور اژدھے بھی ہوتے ہیں''

میجر کیانی نے لاپرواہی سے جواب دیا ''ظاہر ہے کہ یہ ایک جنگل ہے ایسی جگہوں پر تو ایسی چیزیں ہی پائی جاتی ہیں''

میجر اشفاق پرویز کیانی نے مجھے غور سے دیکھا ''کیوں خیر تو ہے''۔

میں بوکھلا گیا فوجی کیا کہیں گے سیولین افسر حشرات الارض سے خائف ہے۔ میں بھی مصلحت کے تحت خاموش رہا اور موضوع بدل دیا ان ہی دنوں خیمے میں سرخ رنگ کا ڈیڑھ فٹ لمبا ہزار پا چلا آیا۔ پورا سرخ اور درمیان میں کالا تھا۔ اسی چھری کے ذریعے میں نے اس کا خاتمہ کیا۔ اژدھے کا خوف مزید راسخ ہوتا چلا گیا۔ فوجیوں سے چھپ چھپا کر میں پتھر پہ چھری تیز کرتا رہتا۔ وہ کچھ زیادہ تیز تو نہ ہوئی بلکہ پتلی ہوگئی۔ ایک جانب دشمن کا ساتھ اس کے ہمراہ اژدھے کا خوف، حبس، شدید گرمی اور تندور ٹائپ خیمے۔ مجھے ڈر پیدا ہوا کہ کہیں چارلی چپلن کی مانند میرا نروس بریک ڈاؤن ہی نہ ہو جائے۔

میرے کندھے پر ایک PIP لگایا گیا تھا۔ خدا کی ذات اکیلی اچھی لگتی ہے۔ اکیلا PIP مجھے اچھا نہ لگا۔ سوچا کہ تین چار لگا لوں تا کہ رونق تو رہے۔ لہٰذا میں نے اپنے بیٹ مین کو ہدایت دی

''یہ ایک دانہ اور بھی لگاؤ''

اس نے لاہور سے جہاں ہمارے یونٹ کا Rear تھا منگوا لیا اور میرے شولڈر پر سجا دیا۔ اگلے روز میں دفتر پہنچا جسے میں مہاجر کیمپ کہا کرتا تھا تو داد و تحسین کا شور مچ گیا ''مبارک۔ مبارک۔ پروموشن مبارک ہو۔ اب تو پارٹی ہونی چاہیے''۔

مجھے گماں نہ تھا کہ میرے کندھوں کو ایسے غور سے دیکھا جائے گا۔ میں گھبرا کر کمانڈر کے دروازے پر آیا اور باریابی کی اجازت چاہی۔ میرا رینک دیکھ کر کمانڈر کو بھی حیرت ہوئی۔ کمانڈر کے کسی سوال سے پہلے ہی میں نے درد بھری کہانی سنا ڈالی۔

کمانڈر نے کچھ دیر تو ہنسی روکی اور بریک مار مار کر اسے مسکراہٹ پہ ہی ہالٹ کرا دیا۔ پھر مجھے تاکید کی کہ:

''اوکے! میں کہہ دوں گا میں نے پروموشن دی ہے، مگر مزید PIP نہ لگانا خصوصاً گول گول شکل کے''

شام میں میری جانب سے پروموشن پارٹی دی گئی۔ سبھی افسر ہنستے مسکراتے اپنے خیموں کی جانب گئے تو جونیئر افسروں نے اسی منحوس اژدھے کا ذکر چھیڑ دیا اور ساتھ ہی ساتھ اس کی خونچکاں داستانیں بیاں کیں پھر مجھ سے سوال کیا کہ میں رات کھانا کھانے کے لیے ٹارچ جلائے، روشنی دائیں بائیں لہراتا بھلا کیوں آتا ہوں۔

میں نے بتایا کہ یوں اژدھا دکھائی دے گا۔ وہ انجانے میں وار نہ کر سکے گا۔ اسے چھٹی کا دودھ یاد دلا دوں گا۔ انہوں نے نیا انکشاف کیا کہ اژدھا محض زمین سے وار نہیں کرتا بلکہ درختوں پہ چڑھ جاتا ہے۔ اپنی دم شاخوں سے لپیٹ کر

اوپر سے نیچے بھی وار کرتا ہے۔ یہ ایک نئی افتاد آن پڑی۔اب میں رات میں کبھی زمین پر روشنی پھینکتا کبھی اوپر درختوں میں۔ درختوں کی شاخوں سے لپٹا اژدھا تلاش کرتا۔عجب دشواری تھی۔ دل ہی دل میں دعائیں مانگتا کہ اول تو اژدھے سے مڈبھیڑ ہی نہ ہو۔خیریت سے اکیڈمی واپس چلا جاؤں۔ وہاں کے ڈائریکٹر جنرل لاکھ سخت سہی کم از کم اژدھے تو وہاں نہیں ہوتے۔قدرِ نعمت بعد از زوال۔ اب مجھے اکیڈمی کی قدر ہوئی۔ حالانکہ اس کے ساتھ بھی ایک مقام کو قینچی کہا جاتا ہے اور اکیڈمی آر۔اے (رائیل ائیر فورس) بازار کے ساتھ واقع ہے۔آر۔اے اور قینچی یا ڈی جی کی گھرکیاں اس اژدھے کے مقابل میں کچھ بھی نہ تھیں۔

یہ دن سولی پہ گزرے۔ جب میں یونٹ سے واپس ہوا تو نہایت محبت سے مجھے ڈائین آوٹ کیا گیا۔ فائیو بلوچ رجمنٹ میں گراں قدر خدمات انجام دینے پر مجھے یونٹ کی شیلڈ بھی دی گئی۔ میں نے وہ تھیلا نما قمیض اور گینڈے کی کھال والے بوٹ دیگر فوجی سامان کے ہمراہ یونٹ کو واپس لوٹا دیئے۔ میں اچھی یادیں اور شیلڈ ساتھ لے جا رہا تھا۔اس رات جونیئر افسروں نے مجھے گھیر لیا اور ہنستے ہوئے انکشاف کیا کہ پورے علاقے میں کوئی بھی اژدھا نہیں ہے۔تفریح کے لیے انہوں نے خود ہی یہ کہانی گھڑلی تھی اور سبھی مل کر مزید رنگ آمیزی کیا کرتے، میرا خون خشک کرنے کے لیے وہ ہر شام اژدھے کے نت نئی Episode سنایا کرتے۔ حیرت سے میرا منہ کھلا رہ گیا۔ ہماری جان گئی۔آپ کی ادا ٹھہری خود پہ بھی غصہ آیا۔ایک انجانے خوف میں زندگی کے کئی ماہ ضائع کر دیے ایک ایسے دشمن سے ڈرتا رہا جس کا وجود ہی نہیں ہے۔ سچ کہا ہے کسی نے کہ انسان خدا نادیدہ کی جگہ صنم تراشیدہ رکھ دیتا ہے۔ Deification یا انجانا ذہنی خوف مارے ڈالتا ہے۔ پھر ان کے قہقہوں میں خود بھی شامل ہو گیا۔ میں نے پنڈلی سے بندھی چھری جھاڑیوں میں پھینک دی۔ اس رات پہلی بار پاؤں پھیلا کے سویا۔

اگلی صبح ڈھائی ٹن ٹرک کی بجائے جیپ مجھے لاہور پہنچانے کے لیے آئی تھی میرے ملے جلے تاثرات تھے۔اس تکلیف دہ جنگل لائف سے نکلنے کی مسرت تھی اور ساتھ ہی ساتھ فائیو بلوچ رجمنٹ سے بچھڑنے کا ملال تھا۔جس رجمنٹ نے مجھے ہاتھوں ہاتھ لیا میری بدحواسیوں اور Discipline کو خندہ پیشانی سے برداشت کیا۔ مجھے Family Feeling دیں۔ مجھے خیال آیا ہے کہ اب کہاں اس جنگل میں آنے کا موقع ملے گا بہتر ہے کہ لگے ہاتھوں دشمن کو بھی دیکھتا چلوں۔ دو دو ہاتھ تو نہ ہوئے دیدار ہی کرتا چلوں کہ کس قدر خون آشام اور خون خوار ہیں۔ میں ساتھیوں سے اجازت لے کر واچ ٹاور کی جانب بڑھا۔ سبھی مجھے رخصت کرنے کے لیے جمع ہو رہے تھے کیا افسر کیا جوان۔ سینئرز تو رات کو ہی خدا حافظ کہہ گئے تھے۔

مارے تجسس کے میں دوڑ کر واچ ٹاور کے قریب پہنچا ایک جوان سے دوربین لے لی۔ سیڑھیاں چڑھتا میں کھڑا ہوا۔ بادلوں کی وجہ سے دھندسی چاروں طرف پھیلی ہوئی تھی۔ یہاں سے بخوبی دشمن کا جائزہ لیا جا سکتا تھا۔ میں نے دشمن کی جانب رخ کیا۔ دوربین آنکھوں سے لگائی فوکس درست کیا اور دشمن کے علاقے کا مشاہدہ کرنے لگا۔ مجھ پہ حیرت کے خلیفت اور چلتن ٹوٹ پڑے۔ دور ہریالی میں ایک مندر تھا۔ چھتنار درخت اور فرلانگ بھر کے فاصلے پر ایک مسجد تھی جس کے پہلو میں کسی صوفی کا مزار تھا جس پہ سبز جھنڈا الہرا رہا تھا۔ کسان ہل چلا رہے تھے۔ کھیتی باڑی میں مصروف فصلیں سینچ رہے تھے۔ ڈھڈے پیڑ بہار دکھا رہے تھے۔ عورتیں روزمرہ کے کاموں میں مصروف تھیں۔ داہنے ہاتھ آب جو پہ اپنے بچے نہلا رہی تھیں۔ کپڑے دھو رہی تھیں۔لڑکے کتابیں بستے لئے اسکول جا رہے تھے۔ کچھ نوجوان تالاب پر مویشیوں کو پانی پلا رہے تھے۔ایک مرد بڑے انہماک سے چارہ کر رہا تھا۔سفید رنگ کی چند گائیں جگالی کرتی دُمیں ہلاتیں پگڈنڈی پہ دھن میں رواں دواں تھیں۔ میرے پاؤں تلے سے مچان نکلی جا رہی تھی۔ دوربین کا وزن بڑھتے بڑھتے ناقابل برداشت ہوتا چلا گیا۔ میرے ہاتھ لرزنے لگے تو دوربین میرے ہاتھوں سے چھوٹ گئی اور کسی پتھر کی طرح واچ ٹاور کے نیچے ایستادہ مسلح سپاہی کے سر پہ آن گری۔

''محبت کے افسانے''

ڈاکٹر رینو بہل
(چنڈی گڑھ، بھارت)

ستمبر کی ایک سہانی شام، صبح کی ہلکی ہلکی بارش نے موسم کو خوشگوار بنا دیا تھا۔ لوگ سکھنا جھیل پر موسم کا مزا لینے اُمڈ پڑے تھے۔ جھیل کے اُس پار گھنا جنگل اور اُس کے پیچھے سینا تانے کھڑی لشوالک پہاڑیاں۔ بھیڑ سے دُور سیڑھیاں اُتر کر جھیل کے کنارے بیٹھے اُن لہراتی بل کھاتی لہروں نے بھی مسرت اور سکون میں اضافہ کر دیا تھا۔ شام ڈھل گئی فلک پر پورا چاند اپنے حسن و جمال کے ساتھ روشن ہو گیا۔ جھیل کے اُس پار کولی کی پہاڑیوں پر ٹمٹماتی روشنیاں جھیل میں دکھتا چاند کا عکس مجھے اس قدر محو کر گیا کہ میں اپنے ہی وجود سے ان بھیگ ہو گئی۔ کسی آواز نے مجھے چونکا دیا۔

''تم وہی ہو نہ جو افسانے لکھتی ہو''

''افسانے تو میں لکھتی ہوں۔ کہو کیا بات ہے؟''

''میں جاننا چاہتا ہوں تم افسانے کیوں لکھتی ہو؟''

''یہ بات تو میں خود سے کئی بار پوچھ چکی ہوں۔ بہت سوچنے پر یہ سمجھ میں آیا کہ میں کسی کے لیے نہیں بلکہ خود کے لیے لکھتی ہوں''

''خود کے لیے؟ وہ کیوں؟''

''کبھی کبھی مجھے محسوس ہوتا ہے کہ میرے ذہن کی تہہ در تہہ کے اندر ایک دریا بہتا ہے جس میں کبھی ماضی کی یادیں، کبھی حال کے درپیش آنے والے مسائل، کبھی ارد گرد کا ماحول، کبھی کھلی آنکھوں سے دیکھے خواب تو کبھی ادھوری خواہشوں کی موجیں اُٹھتی ہیں، ٹکراتی ہیں، دل پر دستک دیتیں ہیں اور کبھی کبھی اُن کی رفتار اتنی تیز ہو جاتی ہے کہ خیال کی کڑی جڑ پکڑ لیتی ہے۔ پھر وہ خیال مسلسل دستک دینے سے ذہن کے ایک گوشے میں عارضی گھر بنا لیتا ہے۔ چلتے پھرتے، سوتے جاگتے وہ جڑ پنپنے لگتی ہے اس سے مختلف کردار اپنی صورتیں لئے اُبھرنے لگتے ہیں اور اپنی ایک دنیا بسا لیتے ہیں۔ پھر جب اُن کی رفتار تیز ہو جاتی ہے اور وہ پودا پھول بن کر کھل اُٹھتا ہے تو اپنی مختصر سی زندگی کو بھرپور جینے کے لیے دباؤ ڈالنے لگتا ہے۔ اور اس دباؤ سے بڑھتی بے چینی سے نجات پانے کے لیے اس پھول کے مرجھانے سے پہلے اُسے توڑ کر اُس پودے کو جڑ سے اکھاڑ کر ذہن سے کاغذ پر اُتار دیتی ہوں۔ وہ گوشہ کسی دوسرے خیالات کے لیے خالی ہو جاتا ہے جیسے ایک کرایہ دار نے دوسرے کے لیے وہ گھر وہ کمرہ خالی کر دیا ہو۔ جب اُس پھول کا وجود کاغذ پر سمٹ جاتا ہے تو مجھے راحت محسوس ہوتی ہے۔ اسی لئے کہتی ہوں میں افسانے خود کے لیے لکھتی ہوں۔

''کہنے والے کہتے ہیں تمہاری کہانیاں ہمیشہ رشتوں کے ارد گرد ہی گھومتی ہیں۔ کیا یہ صحیح ہے؟''

''ہم یہ کہتے ہیں کہ ادب زندگی ہے اور زندگی رشتوں کے بغیر بے معنی ہے اس لیے تینوں کا رشتہ گہرا ہے۔ صدیوں سے رشتوں پر ہی تو لکھا جا رہا ہے۔ وقت کے ساتھ معاشرے کے حالات بدلتے ہیں۔ قدریں بدلتی ہیں، تہذیب بدلتی ہے مگر رشتے تو ہمیشہ موجود رہتے ہیں صرف ان کی گرماہٹ یا وقار میں ہی تبدیلی آتی ہے۔ کسی شاعر نے کیا خوب کہا ہے:

بتائے جاؤ محبت کے لاکھ افسانے
جنوں وہی ہے دیوانے بدلتے رہتے ہیں

کہانیاں تو وہی ہیں صرف لکھنے والے کا اندازِ بیان مختلف ہوتا ہے۔ رشتے تو ہر کہانی میں ہوتے ہیں صرف اُن کی نوعیت مختلف ہوتی ہے۔

''تم خود ایک عورت ہو پھر بھی تم عورتوں کے کردار کی خامیاں کیوں بیان کرتی ہو؟''

''میں عورت ہوں اسی لیے عورت کی خامیاں، اُس کی خوبیاں، اُس کی کمزوریاں، اُس کی طاقت، اُس کی نفسیات، اُس کی فطرت سے بخوبی واقف ہوں۔ عورت صنفِ نازک بھی ہے ایک لحاظ سے نصف بہتر بھی ہے اور ایک طرح سے مرد کو جنت سے نکلوانے والی بھی۔ عورت کا ایک پہلو اُس کے قدموں تلے جنت کا بھی ہے۔ ایک مغربی مفکر نے کیا خوبصورت بات کہی ہے۔

''عورت زمین پر فطرت کی شاعری ہے اسی طرح جس طرح آسمان پر ستارے قدرت کے اشعار کی مانند ہیں''

کہتے ہیں جب عورت نفرت کرتی ہے تو مرد کو اُس سے ڈرنا چاہیے کیونکہ مرد کے دل میں بدی ہوتی ہے اور عورت کے دل میں اُس کے خلاف جذبہ۔ اسی لئے میرے افسانوں کی عورت خوبیوں اور خامیوں کے ساتھ کہانیوں میں اُبھرتی ہے۔''

''میں نے تو یہ بھی سنا ہے کہ لوگ تُم سے اکثر پوچھتے ہیں کہ غیر مسلم ہو کر تم اردو میں کیوں لکھ رہی ہو جب کہ تمہاری مادری زبان پنجابی ہے؟''

''مجھے ایسے لوگوں کی سوچ پر حیرت بھی ہوتی ہے اور افسوس بھی۔ زبان، ادب اور محبت کا کیا کوئی مذہب ہوتا ہے؟ یہ تو ہر قید سے آزاد ہیں یہ تو وہ خوش رنگ ہوا ہے، جس نے اسے چھو لیا اُسی کی ہو گئیں۔ کم ظرف لوگ اسے کبھی مذہب کبھی سرحدوں کے دائروں میں تقسیم کرتے رہتے ہیں۔

اُس نے دھیرے سے مسکراتے ہوئے ایک اور سوال چھوڑا:

''لوگ کہتے ہیں تمہاری کہانیاں Craftsmanship کے ہُنر سے محروم ہیں اور کسی بھی کہانی کا حسن افسانہ نگار کی Craftsmanship سے ہی نکھرتا ہے''۔

''لوگ کہتے ہیں تو ٹھیک ہی ہوگا۔ دراصل میں ایک جذباتی انسان ہوں اور جذباتی فطرت والے لوگ دماغ سے نہیں دل سے سوچتے ہیں۔ میں سوچتی بھی دل سے ہوں لکھتی بھی دل سے ہی ہوں اور جس دن میں دماغ سے لکھنا شروع کردوں گی شاید اُس وقت یہ ہُنر بھی حاصل کرلوں۔''

''میں دل سے یہ دعا کروں گا کہ رب آپ کو اس ہُنر سے نوازے اور۔۔۔''

میں نے اُسے بیچ میں ہی ٹوک دیا۔

''یہ تمہاری زرّہ نوازی ہے کہ تم میرے لیے دعا کر رہے ہو مگر مجھے خوشی ہوگی اگر اس دعا سے پہلے تم یہ دعا کرو کہ ہمارے گھروں، شہروں، مُلک اور پوری دُنیا کی ماں، بیٹیوں کو آزاد، پُرسکون اور محفوظ ماحول ملے، اُنہیں عزت کی نگاہ سے دیکھا جائے۔ اُنہیں کوکھ کے اندر اور کوکھ کے باہر عزت سے جینے کا حق مل سکے۔ اس وقت سب سے بڑی دُعا کی ضرورت ہے''۔

ہم دونوں کبھی نہ ختم ہونے والی گفتگو میں محو تھے کہ مجھے کچھ منچلے نوجوانوں کی پھبتیوں نے چونکا دیا۔ میں نے اپنے اردگرد دیکھا میں بالکل تنہا تھی وہ کہیں نہ تھا اور رات کی سیاہی چارسو پھیل چکی تھی۔ ماحول کی نزاکت سمجھتے ہوئے میں تیز قدموں سے سیڑھیاں چڑھ کر لوگوں کے ہجوم میں شامل ہوگئی۔ میرے کانوں میں وہ پھبتیاں سیسے کی طرح پگھل رہی تھیں اور اپنی پشت پر جمی شراریں بھری نگاہیں مجھے اس بات کا احساس دلا رہی تھیں کہ وہ ہوس بھری نگاہیں میرا پیچھا کر رہی ہیں اور مجھے جلد ہی محفوظ جگہ پہنچ جانا چاہیے۔ میرے قدم اور تیز ہوگئے اور ذہن اس سے بھی تیز اڑنے لگا اُس سنہرے مستقبل کی اُور جہاں آنے والی بیٹیوں کی نسل کے لیے پُرسکون، محفوظ، آزاد ماحول ہوگا جب اس دنیا میں آنے پر اُن کا استقبال ہوگا اور وہ بے خوف آزاد پرندے کی طرح ۔کاش! ان جاگتی آنکھوں کا یہ خواب جلد ہی سچ ہوجائے۔

☆

ٹک ٹک دیدم

سید سعید نقوی
(نیویارک)

بڑا گھنٹا گھر شہر کے بالکل وسط میں تھا۔ شروع میں شاید اس کا رنگ سرخ رہا ہو مگر اب وقت کی گرد نے اسے ایک ایسا رنگ دے دیا تھا جو صرف وقت ہی چن سکتا ہے۔ بلند اتنا کہ میلوں دور سے نظر آ جائے۔ چوکور مینار کی طرز پر تعمیر کیا گیا تھا۔ اس کی ہر سمت پر لگی گھڑی بلکہ گھڑیال ہی کہیئے، بھی جہازی تھے۔ اہلیانِ شہر کے لئے فخر کی بات تھی کہ کوئی سو سالہ پرانے اس گھنٹا گھر کی سوئیاں کبھی نہیں رکی تھیں۔ اور پابند ایسی کی جب چاہیں سوئیاں ملا لیں۔ کہنے والے تو یہاں تک بتاتے ہیں کہ جب گورے یہاں سے گئے تو انہوں نے بی بی سی کی سوئیاں اس سے ملالی تھیں اور اب بھی ہر سال موازنہ کر لیتے ہیں کہ کہیں ان کا وقت پیچھے نہ رہ جائے۔ حالانکہ ذرا سوچیئے اس بات کا کتنا امکان ہے۔ تو خیر، اس گھنٹا گھر کے اطراف کی عمارتیں بھی ذرا جگہ چھوڑ کر تعمیر کی گئی تھیں۔ شہر کی شان و شوکت بڑھانے لئے کچھ ایسی پلاننگ کی گئی تھی کہ کسی بھی وقت یہاں ہزاروں شہری جمع ہو سکتے ہیں یوں اسے مرکزیت سی حاصل ہو گئی تھی۔ آپ اسے قاہرہ کا طاہری چوک یا چین کا تیانامن چوک کہہ سکتے ہیں، لیکن جو تاریخ زمیں کے ان گول ٹکڑوں میں لکھی گئی تھی یہ گھنٹا گھر چوک ہنوز اس سے محروم تھا۔ حالانکہ لوگ اکثر آس لگا لیتے تھے کہ بھئی چوک تو مل گیا ہے اب ذرا سی آنچ کی کسر باقی ہے۔ نادان یہ نہیں جانتے کہ اس ذرا سی آنچ کو خونِ جگر درکار ہوتا ہے۔

عموماً گھنٹا گھر چوک پر چند درجن افراد موجود ہوتے تھے۔ چند ہاکر حضرات، کچھ بے فکرے، اور کچھ لوگ اپنی جلدی میں ایک طرف سے داخل ہو کر دوسری طرف نکلنے کی جلدی میں۔ روز کے معمول کے برخلاف اس وقت گھنٹا گھر چوک شہریوں سے کھچا کھچ بھرا ہوا تھا۔ دائرے کی شکل کے چوک میں لوگ قطار اندر قطار کھڑے تھے۔ دائرے کے اندرونی حصے میں جو لوگ تھے وہ سب ٹکٹکی لگائے بڑے گھڑیال کو دیکھ رہے تھے، جیسے ابھی اس میں سے کوئی پرندہ نکل کر تبدیلی کی نوید دے گا۔ جب کہ بیرونی دائروں میں جمع لوگ اندرونی دائرے والوں کی پشت پر نظریں جمائے تھے، کہ اس بات کا علم کسی کو نہیں تھا کہ یہ سب لوگ یہاں کیوں جمع ہیں۔ یہ بھی عام سے انسانوں کا اجتماع تھا اور وہی انسانی نفسیات یہاں بھی کارگر تھی۔ چند لوگ ٹکٹکی باندھے ایک سمت میں دیکھنے لگیں تو تھوڑی سی دیر میں ایک اجتماعی تجسس وہاں جمع ہو کر اسی سمت دیکھنے لگتا ہے۔ بلکہ اگر آپ دیکھنا چاہیں تو سب مل کر آسمان پر تلوار دیکھ سکتے ہیں، گزرتے رتھ بھی دیکھے گئے ہیں اور چرخہ کاتتی بڑھیا بھی، یہ سب دیکھنے والوں کے حسنِ ظن پر ہے اور کچھ اس ضرورت پر کہ آسمان پر اس وقت کس معجزے کے نظر آنے کی ضرورت ہے۔ کچھ بیوقوف اسے اجتماعی نظر بندی کا نام دیتے ہیں مگر کہنے والوں کی زبان کس نے روکی ہے اور ہمارے ہاں تو ہوتی آئی ہے کہ اچھوں کو برا کہتے ہیں۔

یہ گھنٹا چوک میری روزانہ کی گزرگاہ ہے۔ یہاں سے کوئی چوتھائی میل کے فاصلے پر ایک بلند قامت عمارت کی بائیسویں منزل پر ایک دفتر میں کام کرتا ہوں۔ دوپہر کے کھانے کے لئے تقریباً روز ہی یہاں آ جاتا۔ اور گھنٹا گھر چوراہے کے اطراف کسی ریسٹورانٹ میں کھانا کھا لیتا۔ باہر کی تازہ ہوا مل جاتی اور ذرا چہل قدمی بھی ہو جاتی۔ آج جو یہاں پہنچا ہوں تو یہ چوراہا ایسا کھچا کھچ بھرا ہوا ہے کہ دوسری طرف پہنچنا ناممکن ہو گیا۔

”کیا قصہ ہے بھائی یہ لوگ یہاں کیوں جمع ہیں“ میں نے اپنے سامنے کھڑے ایک شخص سے دریافت کیا۔

”پتہ نہیں میں خود بھی یہی معلوم کرنے کے لئے رک گیا ہوں“۔

جب معلوم نہیں تو یہاں رک کر کیوں اپنا وقت برباد کر رہے ہو۔ میں نے اپنا سوال زبان تک نہیں آنے دیا۔ ہمارے شہر میں لوگوں کے پاس ایک ہی چیز کی فراوانی ہے اور وہ ہے وقت۔ دن کے کسی بھی وقت اگر آپ اپنے گھر، دکان یا دفتر سے باہر نکلیں تو ایسے سینکڑوں لوگ جنہیں کسی کام میں مصروف ہونا چاہیئے تھا، آپ کو بیکار اور بے مصرف بیٹھے، کھڑے یا لیٹے ملیں گے۔ وقت ان کے دائیں بائیں تیزی سے گزر رہا ہوگا، مگر وقت کی پرواہ وہی کرے جس کی پرواہ خود وقت کر رہا ہو۔

”ارے صاحب لگتا ہے گھنٹا گھر خراب ہو گیا ہے، وقت رک گیا ہے“ میرے دائیں ہاتھ پر موجود ایک صاحب بولے۔

”وقت رک گیا ہے، کیا مطلب؟“

”یہی کئی کئی گھنٹوں سے یہ گھنٹا گھر کام نہیں کر رہا“

”ارے تو گھنٹا گھر خراب ہو گیا ہوگا، انتظامیہ ٹھیک کروا دے گی، یہاں لوگوں کو تو بس مجمع لگانے کے لئے بہانہ چاہیئے“۔

”نہیں جناب گھنٹا گھر خراب نہیں ہوا۔ وقت رک گیا ہے، شہر کی تمام گھڑیاں رک گئی ہیں۔ وقت آگے نہیں بڑھ رہا“

”یہ کیسے ہو سکتا ہے؟“ میری نظر فوراً اپنی کلائی پر پڑی۔ واقعی میری گھڑی رکی ہوئی تھی اور دو گھنٹے پہلے کا وقت بتا رہی تھی۔

”لیکن“

”لیکن کیا؟“

”لیکن وقت رک گیا ہے کا مطلب ہے۔ اس کے کیا اثرات ہوں گے۔ رک گیا ہے تو رک جائے؟“ میرے سامنے کھڑے ایک شخص نے الجھ کر کہا۔

”یہی کہ اب ہم انسانی اور تہذیبی تاریخ میں جمود کا شکار ہو گئے ہیں۔ جب تک وقت کا پہیہ دوبارہ اپنی گردش شروع نہیں کرے گا، ہم تاریخ کے اسی گوشے میں پھنسے رہیں گے!“

"لیکن میرا کیا ہوگا؟ میری تو آج چھ بجے شادی ہے۔ گھڑی کی سوئی تو بارہ پر ہی اٹکی ہوئی ہے۔ بارہ بج کر ایک سیکنڈ ہونے سے انکاری ہے۔ اگر چھ نہیں بجیں گے تو میری شادی کیسے ہوگی" ایک طرف سے روہانسی آواز آئی۔

"ارے میاں اسے عطیہ خداوندی سمجھو کہ تمھیں بیوی سے بچا لیا" کسی بیوی جلے کی آواز آئی۔

"اور مجھے اپنے بچوں کو چار بجے ہی اسکول سے لینا ہے۔ کیا وہ اسکول میں ہی رہیں گے، نہ چار بجے گا نہ بچوں کو اسکول سے لے سکوں گا۔" ایک اور آواز ابھری۔ اب سارے مجمع کو پتہ چل گیا تھا کہ معاملہ کیا ہے۔ ہر طرف سے قسم قسم کی بولیاں سنائی دے رہی تھیں۔ خلقت کو سمجھ میں یہ نہیں آ رہا تھا کہ وقت نے ہمسفری سے انکار کر دیا تو وہ تاریخ کے اس موڑ سے کیسے آگے بڑھیں گے۔

"یہ وقت رک گیا ہے یا ہم اس کی مخالف سمت میں جا رہے ہیں" کسی دیوانے نے آگ لگائی۔

"کیا مطلب ہم پیچھے کی سمت کیسے لوٹ سکتے ہیں؟"

"بھئی اگر وقت ایک گھنٹہ آگے جا رہا ہو، لیکن ہم اس سے ایک گھنٹہ پیچھے، تو ان دونوں سمتوں کی کشمکش میں ہمیں تو یہی لگے گا کہ وقت جیسے رک گیا ہو" میرے دائیں جانب جو صاحب کھڑے تھے وہ کافی ذہین معلوم ہوتے تھے

"یعنی وقت کو دوبارہ چلانے کا ایک طریقہ یہ بھی ہو سکتا ہے کہ ہم واپسی کا سفر روک دیں" کسی اور فرزانے نے آواز لگائی۔

اب چوراہے پر کان پڑی آواز سنائی نہیں دے رہی تھی، جتنے منہ اتنے مشورے۔ کہنا تو یہ چاہیے کہ جتنے ذہن اتنے مشورے مگر اس کے لئے ذہن اور زبان میں ربط درکار ہوگا جو کچھ اتنا عام بھی نہیں۔ میری سمجھ میں یہ نہیں آ رہا تھا کہ اگر وقت رک گیا ہے تو مجھے اب بھوک کیوں محسوس ہو رہی ہے، صبح کا کھایا ہوا کھانا معدے میں ہی رک کیوں نہیں گیا۔ شاید بھوک وقت کی قید سے آزاد ہے۔ بھوک نے کتنی ہی بار ثابت کیا ہے کہ وہ زمان و مکان، جن اور عمر کی قید سے بالاتر ہے۔ میں نے بے چارگی سے پیٹ پر ہاتھ پھیرا، اس جم غفیر کو چیر کر اس وقت کسی غذا کی توقع رکھنا معجزے سے کم نہ ہوتا۔ میں نے بیچارگی سے کاندھے اچکائے۔ وقت سے انسان کا رشتہ تو بڑے بڑے فلسفیوں کی سمجھ میں نہیں آیا، میں کیوں اپنے آپ کو ہلکان کر رہا ہوں، میں نے اپنے آپ کو سمجھا لیا۔ مجھے اب نوکری کے لئے واپس لوٹنا چاہیے۔ لیکن وقت اگر تھم گیا ہے تو مجھے واپس جانے کی کیا ضرورت ہے، جس وقت میں کھانے کے وقفے کے لئے نکلا تھا، وقت تو اس سے آگے بڑھا ہی نہیں ہے۔ جب جانے کا وقت آئے گا تو چلا جاؤں گا اور جانے کا وقت اب آئے گا نہیں۔ لیکن اگر مینیجر کی گھڑی چل رہی ہوئی تو کیا ہوگا؟

"ارے جناب یہ زمان و مکان کا مسئلہ تو آئن اسٹائن سے بھی حل نہیں ہوا تھا۔ آپ کیوں فکر کر رہے ہیں، سارے شہر کی گھڑیاں بند ہیں" میرے برابر میں کھڑے ہوئے صاحب واقعی بہت ذہین تھے، اپنی کلائی پر بندھی گھڑی کی جانب بار بار دیکھنے سے وہ میری بے چینی کو بھانپ گئے تھے۔ گھنٹا گھر کے اطراف مجمع اب زمین پر بیٹھ گیا تھا، لگتا تھا سارا شہر امڈ آیا ہے۔

"ان لوگوں کو ویسے بھی کہاں جانا ہے؟" میرے پڑوسی نے زہر خند لہجے میں طنز کیا۔ "گھر گئے تو بھوک منہ پھاڑے کھڑی ہوگی۔ ان کے لئے وقت کا منجمد ہونا تو گویا آسمانی تحفہ ہے۔ شام ہوگی تب ہی تو اگلے وقت کی بھوک کا انتظام کرنا ہوگا۔ آنے والے کل کی مصیبتوں اور صعوبتوں سے بھی محفوظ ہو گئے۔"

میں اس قنوطیت کے لئے بالکل تیار نہیں تھا۔

"ارے صاحب یہ کیا بات ہوئی۔ آنے والے کل میں کسی کی شادی، کسی کی پیدائش، کسی کی نئی نوکری، کسی کی پہلی تنخواہ، آپ کیسی باتیں کر رہے ہیں۔ کل تو اتنا دلفریب، اتنا پر امید،

اتنا پر کشش ہوتا ہے۔ کل کی آس ہی تو ہمیں رواں رکھتی ہے۔" میں نے احتجاج کیا۔

"میاں، کیا مریخ سے اترے ہو؟" میرا پڑوسی اب مڑ کر پوری طرح میری طرف متوجہ ہو چکا تھا۔

"کیا مطلب؟"

"بھائی، بہت سیدھا سادھا سا سوال ہے، کیا مریخ سے اترے ہو؟"

"ارے مریخ سے کیوں اترتا؟ اسی شہر کی پیدائش ہے میری۔ لیکن اس شہر میں بھی لوگ کل کے انتظار میں جیتے ہیں کہ شاید، شاید۔" میری آواز میں ناراضگی تھی

"تو کیا اس شہر کے کسی کنویں میں رہائش ہے آپ کی جو اس قسم کی گفتگو کر رہے ہو۔ مستقبل میں بہتری۔ لگتا ہے تمھارے گھر میں لغت نہیں۔ جا کر دیکھ لینا۔ م سے مستقبل ضرور ہوتا ہے لیکن ب سے بہتری نہیں۔"۔ پھر وہ اچانک ہنس پڑا۔ "تم یقیناً گرامر اسکول میں پڑھے ہوگے، مجھے یاد ہے آکسفورڈ کی انگریزی لغت میں ایف سے فیوچر اور بی سے بیٹرمینٹ کے الفاظ موجود ہیں۔"

میں منہ کھولے پڑوسی کو حیرت سے دیکھ رہا تھا۔ اسے کیسے پتہ چلا کہ میں گرامر اسکول میں پڑھا ہوں۔

"ارے میاں بقراط اب اس وقت کو کیسے چلایا جائے؟" بہت سے لوگ اب ہماری گفتگو کی جانب متوجہ ہو گئے تھے، ان ہی میں سے ایک نے طنزیہ انداز میں آواز اٹھائی۔ باقی مجمع تو اب بھی گھنٹا گھر کی جانب متوجہ تھا لیکن ہمارے اطراف میں ایک بڑھتا ہوا مجمع ہم دونوں کے ساتھ گفتگو میں شریک ہو گیا تھا۔

"بھئی جس خدا نے ہر چیز بنائی ہے، اسی نے وقت بھی۔ استخارہ کر لیں وہی یقیناً راہ بھی سجھا دے گا۔" کسی صاحب نے صلاح دی۔

میرے پڑوس میں کھڑے شخص کی حیثیت اب ایک لیڈر کی سی ہو گئی تھی۔ لوگ جو جملے اچھال رہے تھے، سوال کر رہے تھے، حل بتا رہے تھے، ان سب کا رخ خود بخود اس کی طرف ہو گیا تھا۔ وہ بھی اس غیر متوقع سرافرازی پر

بہت خوش نظر آتا تھا۔ جو ساری عمر محنت کر کے لیڈری کماتے ہیں ان کی مسرت تو چھپائے نہیں چھپتی، یہاں تو حادثاتاً مل گئی تھی۔ اس نے ایک غیر محسوس طریقے سے یہ مرکزیت قبول کر لی تھی۔ اس نے اس جملے کا جواب نہیں دیا صرف مسکرا کر نفی میں سر ہلا دیا۔

''کیا مطلب آپ نفی میں کیوں سر ہلا رہے ہیں، کیا خدا کے پاس اس کا حل نہیں؟ کسی اور سمت سے آواز آئی۔

''بھئی دو چیزیں ایسی ہیں جنہیں خدا بھی نہیں چھیڑتا، ایک تاریخ اور دوسرا وقت'' میں اپنے پڑوسی کی مدد کو آیا۔

''نہیں چھیڑتا یا نہیں چھیڑ سکتا'' کہیں سے چیلنج کیا گیا۔

اب لوگوں کی ایک کثیر تعداد ہماری طرف متوجہ ہو چکی تھی۔

''یہ آپ کی ذہنی کیمیا پر منحصر ہے'' میں نے اطمینان سے جواب دیا۔ میں اس خطرے سے بے خبر تھا جو مجھے گھیر رہا تھا۔ اپنے لئے یہ خندق کھودتے دیکھ کر، میرا پڑوسی جیسے سرگوشی میں بولا:

''میاں مریخ سے نہیں تو باہر سے ضرور آئے ہو۔ ذرا دور ہٹ کے کھڑے ہو ورنہ اپنے ساتھ مجھے بھی مروا دو گے۔ اب اپنی یہ سیکولر چونچ بند رکھنا اور مجمعے کے کسی سوال کا جواب مت دینا۔''

''کیوں مرواؤں گا، کیا مطلب ہے تمھارا؟'' مجھے اپنی خوفزدہ سی آواز سنائی دی۔

''ہائے گرامر اسکول کے یہ گھامڑ۔ بند ذہنوں سے آزاد خیالی کی امید رکھتے ہیں۔ بھئی بند کمرے میں تو گھٹن ہی رہے گی ناں، تازہ ہوا کے لئے کوئی کھڑکی یا دروازہ تو کھولنا ہی پڑے گا۔ یہاں تو معمار یہ کہہ گئے ہیں کہ دروازہ یا کھڑکی کھولی تو گھر مسمار۔''

میرے چہرے پر شاید حماقت منجمد دیکھ کر وہ بے بسی سے بولا:

''بھائی کسی نادیدہ سمت سے کوئی گولی، کوئی جنت کا دلدادہ خودکش تمھاری سوچ کے پر کتر دے گا، چپ رہو یا پرے ہٹ کے کھڑے ہو۔ میں ابھی جینا چاہتا ہوں۔ وقت جاری ہو یا ساکت میں نے ابھی جینے کی آس نہیں چھوڑی، اور ہاں جینے کے گر بھی سیکھ گیا ہوں'' مجھے لگا اس نے مجھے آنکھ ماری ہے۔

''ارے بھئی آپ لوگ کس بحث میں پڑ گئے ہیں۔ اس امتحان میں ہمیں جب اللہ نے ڈالا ہے، تو وہ خود کیوں نکالے گا۔ وہ تو غالباً یہ دیکھنا چاہتا ہے کہ اس کی دی ہوئی عقل ہم کیسے استعمال کرتے ہیں اور ہم کیا سبب پیدا کرتے ہیں'' اس نے مجمعے کی طرف دیکھ کر بلند آواز سے کہا۔

''تو بقراط تم ہی کوئی ترکیب نکالو'' اس طنزیہ جملے میں بھی ایک التجا ایک امید ضرور تھی۔

''ارے صاحب کمشنر صاحب کے انتظار میں ہی تو یہ مجمع جمع ہے، وہ ہی آ کر کوئی صورت نکالیں گے'' کسی اور صاحب نے آواز بلند کی۔

''کمشنر صاحب'' اب میرے پڑوسی سے بھی چپ نہ رہا گیا ''بلی سے دودھ کی رکھوالی کی امید کی جا رہی ہے''۔

مجمع یہ سن کر ہنس پڑا۔ اب قسم قسم کی آوازیں آنے لگیں۔ کچھ زندہ باد مردہ باد کے نعرے بھی لگنے لگے۔ لوگوں میں دبا دبا سا جوش با آسانی محسوس کیا جا سکتا تھا۔

''بقراط اپنی بات واضح کرو'' ایک آواز اٹھی۔ اب مجھے کا موڈ ذرا سا بہتر ہو چکا تھا، توجہ مجھ پر سے ہٹ چکی تھی۔

''بھئی ان ہی لوگوں کی وجہ سے تو وقت رک گیا ہے۔ یہ وقت سے آگے آگے بھاگ رہے تھے۔ ان کے تعاقب میں تو وقت بھی ہانپ جاتا ہے۔ دوسری سمت بہت سے لوگ وقت کو گویا پیچھے کھینچ رہے ہیں۔ اس کھینچا تانی میں اور کیا ہوتا۔ حکمراں آگے بھاگ رہے ہوں اور وقت ان کے تعاقب میں۔ دوسری طرف ایک طبقہ وقت کو پیچھے کھینچ رہا ہو۔ تو وقت کا انجماد کیوں کر حیرت کا باعث ہے۔'' بقراط واقعی بقراط تھا۔

''پھر اس کا حل تو بہت دشوار نہ ہوا'' میرے ذہن میں ذہانت کی ایک بجلی سی کوندی۔ لوگ فوراً مڑ کر میری طرف متوجہ ہو گئے۔ پڑوسی نے غیر محسوس طریقے سے میرا ہاتھ دبایا، گویا میری گرامر اسکول کی اپچ کو وارننگ دے رہا ہو۔ حدِ ادب یہاں زبان سینے، کاٹنے اور کھینچنے کے ماہرین جمع ہیں۔

''یا تو وقت کے آگے بھاگنے والوں کی طنابیں کاٹ دو تاکہ یہ وقت کے آگے بھاگنا بند کر دیں۔ نہ بھی بند کریں تو ہماری اوقات کا ان کے وقت سے رشتہ ٹوٹ جائے، وہ اپنے وقت کی لہر میں رہیں ہم اپنے وقت کی۔ انہیں قابو نہ کر سکیں تو آزاد کر دیں۔ دوسری صورت یہ ہے کہ وقت کو پیچھے کی سمت کھینچنے والوں کو ماضی سے حال میں لے آئیں۔ صدیوں کی محرومیاں۔۔'' اس سے پہلے کہ میری بات مکمل ہوتی میرے بقراط پڑوسی نے میرا ہاتھ اس سختی سے دبایا کہ درد سے میرا منہ بند ہو گیا۔ کیا کہا آپ نے، درد سے منہ بند نہیں ہوتا بلکہ تکلیف کی شدت سے چیخ نکل جاتی ہے۔ آپ درست کہہ رہے ہیں مگر اس کی چیخ کے بعد کا مرحلہ بھول رہے ہیں۔ یقین نہیں آتا تو اپنے اطراف کی خاموشی پر کان دھریے۔

''تجویز تو گرامر کی اچھی ہے لیکن بلی کے گلے میں گھنٹی کون باندھے گا؟'' بقراط نے میرا مذاق اڑا کر گویا میری بات کی تمام تلخیوں کو مزاح کے مصالحے تشرف سے دھو دیا۔

''بھئی بقراط اپنے دوست کو تو خاموش ہی رکھو'' نہ جانے کیوں مجھے یہ آواز جانی پہچانی سی لگی۔ پیروں کے بل اچک کر دیکھا تو اپنے مینیجر کی شکل نظر آئی، نظریں ملتے ہی اس نے ہونٹوں پر انگلی رکھ کر مجھے خاموش رہنے کی ہدایت کی۔

''بقراط تم بولتے رہو، ان صاحب کی باتیں تو احمقانہ ہیں'' مینیجر نے پھر آواز لگائی۔

اب گویا خاموشی میرے ذاتی مفاد میں تھی۔ مینیجر کی ناراضگی مول

لیناوقت کوکھودینے کے مترادف تھاانجماد کوتو جانے ہی دیجئیے۔

’’وقت کو پیچھے کھینچ لینے میں حرج ہی کیا ہے،صرف آگے بھاگنے والوں کی طنابیں کاٹ دو۔صدیوں پہلے بھی تو وقت چلتا ہی تھا،اسی رفتار سے چلتا رہے گا،ذرانیکیوں کے امکانات کا تصور کیجیے۔جولوگ ہمارے شاندار ماضی ،ہمارے نظامِ راشدین سے آگے بڑھنا چاہتے ہیں،ان کا وقت آگیا ہے‘‘ایک باریش نوجوان جس کے کاندھے پر ایک انگوچھا پڑا تھا مجمعے کو کہنیوں سے ہٹاتا آگے بڑھنے لگا،اس کی نگاہیں مجھ پر پیوست تھیں۔

’’ہاں بھئی بقراط کیا طریقہ نکالیں کہ وقت کا پہیہ دوبارہ گھومنے لگے‘‘ مجھے تو لگتا تھا جیسے اب سارا مجمع اپنا رخ گھنٹا گھر سے موڑ کر ہماری طرف متوجہ ہو چکا ہے۔ ہزاروں کے اس مجمعے میں ہماری معمول کی آواز کی بحث کیسے ان تک پہنچ رہی تھی۔ یہ بہت حیرت انگیز بات تھی۔شاید سارا مجمع ہی اپنے آپ سے اس بحث میں الجھا ہوا تھا۔ ہماری گفتگو تو بس ایک بازگشت تھی۔ابھی بقراط نے کوئی جواب دیا بھی نہیں تھا کہ مجمعے میں ایک ہلچل سی پیدا ہوگئی۔

’’کمشنر صاحب آگئے،کمشنر صاحب آگئے‘‘لوگوں میں ایک دبا دبا جوش تھا۔آنکھوں میں امید کے دیپ جل اٹھے تھے۔گھنٹا گھر کی منجمد سوئیاں مذاق اڑا رہی تھیں۔

بائیں جانب کا مجمع کائی کی طرح پھٹنے لگا۔انسانوں کا سمندر حکمرانی کے لئے پھٹنے لگا۔فرق صرف اتنا ہے کہ یہ موسیٰ اکیلے ہی اس راستے پر چل کر اپنی کھال بچالیتے ہیں۔درمیان میں جو جگہ بنی تو کمشنر صاحب اس سے گزرتے گھنٹا گھر کی جانب بڑھنے لگے،لیکن ان کے دائیں بائیں آگے پیچھے بہت سے بھاری بوٹ چل رہے تھے۔مجمعے میں جو انبساط کی لہر سی دوڑی تھی وہ جھاگ کی طرح بیٹھ گئی۔ جوتوں کی آواز اور سنگینوں کے سر کیا نظر آئے،تبدیلئ اوقات کے امکانات معدوم ہونے لگے۔

’’ابھی تو پچھلے قدموں کی دھول بھی نہیں جمی تھی کہ پھر‘‘ بقراط نے شاید اپنے آپ سے کہا تھا۔ وہ زور سے کہتا تب بھی شاید کوئی نہ سنتا۔سب آوازیں بھاری جوتوں کی دھمک میں دب گئی تھیں۔ان جوتوں کی بناوٹ میں اس خوبی کا خاص خیال رکھا جاتا ہے کہ باقی سب آوازیں دب جائیں۔میں نے داہنی جانب دیکھا تو وہ انگوچھا بردار جوان مجمعے کو کہنیوں سے ہٹاتا،اس سمندر میں خود اپنی جگہ بناتا تیزی سے ہماری سمت بڑھ رہا تھا۔میں نے چاروں طرف نظر دوڑائی تو ایسے کئی نوجوان ہماری طرف بڑھتے نظر آئے۔

’’ہاں بھئی بقراط کیا حل نکالیں‘‘ ہمارے اطراف کا مجمع ان تبدیلیوں سے جیسے ناواقف بقراط سے حل طلب کر رہا تھا۔لوگ جیسے ایک مسیحا کے انتظار میں خود اپنی ذہنی سوجھ بوجھ کھو بیٹھے تھے۔

بھاری جوتوں، باریش جنت کے طلب گاروں اور وقت کے آگے بھاگتے کمشنروں کے درمیان منجمد وقت کو دوبارہ چلانے کی کیا امید رہ گئی تھی۔

بقراط،اسے تو جیسے سانپ سونگھ گیا تھا۔اس کی گرفت میں میرا ہاتھ بہت تکلیف میں تھا۔میں نے اپنا ہاتھ اس کی گرفت سے نکال کر بھاگنا چاہا،تو اس نے پکڑ کر کھینچ لیا اور ہم دونوں نیچے بیٹھ گئے۔نہ چیونٹی دیکھو گے نہ کچلنے کو دل چاہے گا۔

اشکوں کے دیپ

یوگیندر بہل تشنہ

(کینیڈا)

بارش ایسے ہورہی تھی کہ جیسے یہ آج کے بعد کبھی برسے گی ہی نہیں۔ کیلاش ائیر انڈیا بلڈنگ کے سامنے والی کھیرا بلڈنگ کے گراؤنڈ فلور کے فلیٹ کی کھڑکی سے باہر ملبار ہلز کی فلک بوس عمارتوں کو دیکھنے کی ناکام کوشش کر رہا تھا۔ باہر موسلا دھار اور دھواں دار بارش کے باعث ایک دودھیا دیوار زمین سے آسمان تک کھینچی ہوئی دکھائی دے رہی تھی جس کی وجہ سے اُس پار کا کچھ بھی نظر نہیں آ رہا تھا۔ صرف سمندر کے پانی کی حدِ نظر تک بچھی ہوئی چادر تھی جو فلک کو چومتی ہوئی نظر آ رہی تھی مگر باوجود اس شدید بارش کے جو پچھلے کئی دنوں سے مغرب اور مشرق سے لگا تار برس رہی تھی۔ نیتا جی سبھاش روڈ پر موٹریں اور بسوں کی آمدورفت میں قطعی فرق نہ تھا حالانکہ بمبئی کے کئی علاقوں کی آمدورفت قریب قریب بند ہوگئی تھی۔ کئی جگہ پر تو موٹریں، بسیں اور ریل گاڑیاں چلنا بند ہو گئی تھیں۔ ریل کی پٹڑی کئی جگہ پانی میں ڈوب گئی تھی۔ اخبار والوں نے لکھا تھا کہ آج کی بارش نے موجودہ سردی کے تمام ریکارڈ توڑ دیے ہیں۔

یوگی اپنے بھائی رام کی تیمارداری کے لیے بمبئی ہسپتال جانے کے لیے ناشتہ کرنے کے بعد ٹیکسی کا منتظر تھا۔ رام نے اُسے دہلی سے بلوایا تھا کیونکہ رام کو مسلسل کئی سالوں سے ہلکا بخار (Low Grade Fever) رہنے لگا تھا جس کی وجہ سے کمزوری آ گئی تھی اور وزن بھی روز بروز گھٹتا جا رہا تھا۔ ہسپتال داخل ہو کر مکمل طور سے تشخیص کروانا چاہ رہا تھا۔ چیک اپ کے دوران اپنے کسی خاص آدمی کا پاس ہونا اُس نے ضروری سمجھا تھا۔ یہ الگ بات ہے کہ زندگی بھر اُس نے کسی کو بھی اپنا نہیں سمجھا اس لیے خیال گزرتا ہے کہ اُس نے کسی جذبے کے تحت یوگی کو بلایا تھا۔ اُس نے یوگی ہی کو کیوں بلایا تھا؟ یہ تو وہ خود ہی بہتر جانتا تھا کیونکہ پچھلے چالیس برسوں سے اس کا یوگی سے صرف بھائی کہنے کا ہی تعلق رہ گیا تھا اور یوگی نے بھی رام کو اپنے بھائیوں کی لسٹ سے نکال رکھا تھا۔ رشتہ صرف دنیاداری تک ہی محدود تھا مگر یہ اس لیے کہ اُس کی بھابھی رام کی طرف کے رشتوں کو پسند نہیں کرتی تھی جو اب اِس دنیا میں نہیں رہی تھی اُسے گزرے آٹھ نو مہینے ہو گئے تھے۔

دہلی سے بمبئی تک ہوائی جہاز پر سوار ہونے سے پہلے اُس کو اس خیال نے بُری طرح جھنجھوڑا تھا کہ جس کی تیمارداری کے لیے وہ اپنا کاروبار چھوڑ کر جا رہا ہے اُس نے تو کبھی اپنا نہیں سمجھا، زندگی میں کبھی اُس کے کام نہیں آیا، یہاں تک کہ جب اُس کی بیوی میڈیکل انسٹی ٹیوٹ میں مہینوں بیمار پڑی رہی اور دیگر آپریشن کے بعد موت کے منہ میں جاتے جاتے بچی۔

رام نے اُس کی عیادت کے لیے درکار ایک خط بھی نہ لکھا۔ گھر میں سبھی افراد رام کی سنگدلی سے سخت رنجیدہ تھے کیونکہ رام کے دل میں اس کے رشتے داروں کے خلاف نفرت کا جو بیج اس کی بیوی نے بویا تھا اُس کے پیڑ کی جڑیں اتنی گہری ہو چکی تھیں کہ اُن کو اکھاڑنا رام کے بس کی بات نہ تھی اس لیے سب ہی رام سے کٹ کر رہ گئے تھے۔

یوگی سوچ رہا تھا کہ ایسے بھائی کی تیمارداری کے لیے بزنس کو نقصان پہنچانے میں کیا حاصل! سوچوں کے اس موڑ پر یوگی کا دوست ضامن علی (مرحوم) اُس کے سامنے آ کھڑا ہوا اور اپنے مخصوص انداز میں ہنس کر کہنے لگا ''یوگی صاحب دوسروں کی خامیوں کے پیشِ نظر کوئی فیصلہ کرنا صحیح فیصلہ نہیں ہوتا، بھائی کی کمزوریاں نظر انداز کیجیے اور اپنا فرض ادا کیجیے'' یہی سب کچھ اس کے ہمدرد دوست اشارت اور خورشید بیگم نے اپنے خط میں لکھا تھا اور فون پر اسی جذبے کا اظہار کیا تھا۔ یوگی نے ایک پل میں ہی ماضی کے تمام شکوے اپنے ذہن سے جھٹک دیے اور سب کچھ درگزر کرتے ہوئے اپنے بچوں کی بات کی پرواہ نہ کی اور سچ مچ اپنا فرض ادا کرنے کے لیے بمبئی چلا آیا۔ رشتے داروں کی تمام تلخیوں کو بالائے طاق رکھ کر بھائی کے پاس اس کی تیمارداری کے لیے پہنچ گیا جو اپنی بیوی کی رحلت کے بعد بالکل تنہا ہو گیا تھا۔ یوگی نے بھائی کی خدمت میں کوئی کسر نہ اٹھا رکھی۔ اُس نے اس قدر لگن سے رام کی دیکھ بھال کی اور اس کے بول براز اٹھانے میں ذرا ہچکچاہٹ نہ کی۔

یوگی کی خدمت کے اثر سے رام کے دوست پریم نے بھی رام سے یہاں تک کہہ دیا کہ اگر یوگی نہ ہوتا تو تم مر گئے ہوتے۔ اتنی لگن سے یوگی نے تمہاری خدمت کی ہے کہ کوئی اور نہیں کر سکتا تھا۔ پریم کی بات یوگی کو بُری لگی اس لیے کہ وہ اپنی خدمت کا کوئی کریڈٹ نہیں لینا چاہتا تھا۔ وہ تو اپنے یار ضامن علی کی طرح بے لوث رشتے کا قائل تھا۔ اسی طرح رام کے ایک دوست اعجاز احمد سید نے بھی کئی بار یہی کہا کہ یوگی نہ ہوتا تو تم نہ ہوتے۔ ڈاکٹر کوہل اور اُن کے شوہر جو خود کو رام کے قریبی دوستوں میں شمار کرتے تھے اور رام کے علاج کی کڑی نگرانی کر رہے تھے گاہے بگاہے ڈاکٹروں سے تبادلہ خیال کرتے اور پھر رام کو مفید مشوروں سے نوازتے تھے۔ بمبئی جیسی مشینی زندگی کے شہر میں جہاں پتھر کی عمارتوں کے ساتھ لوگ بھی پتھر دل ہو گئے ہیں احساس وجذبات سے عاری ایسے میں اگر کوئی اپنائیت کا احساس دلاتا ہے تو ناگاہ آنکھیں چھلک پڑتی ہیں۔ افسوس صد افسوس رام گاہے بگاہے یوگی سے گفتگو ان لوگوں سے متعلق کیا کرتا تھا۔ یوگی اکثر اوقات محسوس کرتا کہ اس کے بھائی نے کبھی اُن لوگوں میں سے کسی کو بھی اپنا نہیں سمجھا اور نہ ہی کبھی اِن لوگوں کی اپنے پن کی باتوں کو اہمیت دی۔ کئی بار اُس

نے اُن کا مذاق اڑایا جس کے باعث یوگی کو بے پناہ تکلیف ہوئی اور وہ یہ سوچنے پر مجبور ہوجاتا کہ اُس کے اپنے بارے میں بھی رام کے خیالات اسی طرح کے ہونگے۔

اس کے سامنے سارے حالات تھے اور وہ سوچ رہا تھا کہ ایک طرف تو ڈاکٹر کوہل اور اُن کے شوہر جیسے ہمدرد و غمگسار لوگ اور دوسری جانب جو صرف اپنے مطلب کا بندہ ہے جو اُن لوگوں کے ساتھ ذرہ بھر بھی ہمدردی نہیں رکھتا تو وہ خود یوگی کے بارے میں کیا سوچتا ہوگا۔ اُسے دکھ کے ساتھ یہ اعتراف کرنا پڑ رہا تھا کہ رام زندگی میں کسی کا نہیں ہوا اور اُس کے رشتے دار یہ جانتے بھی نہیں کہ یہ شخص دل میں کچھ رکھتا ہے اور زبان پر کچھ۔ ظاہری دکھاوے کی خاطر لوگ خاموش رہتے مگر رام اپنی خوش فہمی میں رہا کہ وہ چالاکی میں کامیاب ہے اور کسی بھی شخص کو بیوقوف بنا سکتا ہے۔ ڈاکٹر کوہل، اُن کے شوہر اور سید صاحب اِن چند لوگوں میں سے تھے جو سچے اور صاف دل سے دوسروں کے بارے میں سوچتے اور ہمیشہ مخلصانہ مشورہ دیتے۔ مگر آفرین ہے رام پر ایسے مخلص اور ایماندار دوستوں پر بھی جن میں کھوسلہ صاحب اور پریم بھی قابل ستائش تھے کے ساتھ رام نے ہمیشہ کی طرح اِن کے ساتھ بھی ڈپلومیسی سے کام لیا مگر وہ سب کچھ جانتے بوجھتے رام کے غم میں برابر کے شریک رہے۔

پریم کی زبان میں کڑواہٹ ضرور ہوتی مگر وہ جو مشورہ دیتے وہ اُن پر غور ضرور کرتا اور سب ہی دوست ہمیشہ دل رکھنے والی بات کرتے تھے۔ یقیناً اُن کی باتیں پریم کے دل پر گراں گزرتی مگر اُن کی سماجی حیثیت کے باعث پریم خاموش رہتا۔ کیونکہ پریم انہی دوستوں سے تعلق کی بنا پر ناز بھی کرتا تھا اور اُن کے رسوخ سے فائدہ بھی اٹھاتا تھا۔

رام کی جوانی کے بارے میں دوستوں کے خیالات سُن سُن کر یوگی کو اس نتیجے پر پہنچنے میں ذرہ بھر بھی دشواری نہیں ہوئی کہ رام کے آگے رشتے، ناتے اور تعلق کوئی اہمیت نہیں رکھتا۔ یوگی کو پھر بھی کوئی شکایت نہیں تھی کیونکہ وہ رام کے پاس از راہِ انسانیت تیمارداری اور محض اپنے فرض کی ادائیگی کے لیے آیا تھا یا پھر اپنے مرحوم دوست ضامن علی کی روح کو سیراب کر رہا تھا یا شاید اپنے دل کو راحت پہنچانے کے لیے یہ سب کچھ کر رہا تھا۔ مگر ان حالات میں رام کو اس طرح سوچتے دیکھ کر یوگی ایک عجیب طرح کی کیفیت میں مبتلا ہوگیا۔ وہ انسانی رشتوں کے روحانی تو کیا دنیاوی پہلو کی لذت سے بھی محروم تھا۔ اُس نے ہر شخص کو فریب کار سمجھا اور یہی وجہ تھی کہ وہ اپنے خول سے کبھی باہر نہ آسکا۔ زندگی کی نسبت اُس کا یہی رویہ اُسے آج بھی لوگوں سے کاٹے ہوئے تھا جو اُس کی زندگی اور موت کے درمیان دوستوں، تیمارداروں اور ہمسائیوں کے روپ میں اُس کے شانے سے شانہ ملائے کھڑے تھے۔

اُس موڑ پر اُسے پھر اپنے یارِ غار ضامن علی کی یاد آئی جو اکثر کہا کرتا ''کسی مقصد کو پیشِ نظر رکھ کر نیک کام نہیں ہوتا، نیکی صرف وہی قبول کی جاتی ہے جو بے لوث ہو، زندگی عمل کا نام ہے ردِعمل کا نہیں'' اور پھر یوگی اس قدر دل شکن حالات میں بھی اپنا فرض تندہی سے انجام دیتا رہا۔

رام ہسپتال سے صحت مند ہو کر لوٹ آیا۔ اب وہ بغیر کسی کی مدد کے چل پھر سکتا تھا، گھوم پھر سکتا تھا، اس کے باوجود اب اس مطلب کے بندے پر اپنے بھائی کی موجودگی گراں گزر رہی تھی۔ اب وہ بھائی کو پیار سے کاکا کہنے کے بجائے شاعر صاحب پکار کر طنز کرنے لگا۔ اُس کی زندگی پھر سے انہی لوگوں کی ہو کر رہ گئی جو کبھی کسی کے نہ ہوئے تھے۔ یوگی کا اب وہاں ٹھہرنا مشکل ہوگیا تھا کیونکہ جس کام کی نیت سے وہ آیا تھا وہ انجام دے چکا تھا۔ آج نہیں تو کل اُسے لوٹنا ہی تھا اس لیے اُس نے ہوائی جہاز کا ٹکٹ لے کر روانگی کا فیصلہ کر لیا۔

اڑان کے دوران بمبئی میں گزارے ہوئے دنوں کے بارے میں اُس کے ذہن میں فلم چلتی رہی۔ وہ سوچتا رہا، سوچتا رہا کہ کیا اس مشینی دور کے شہر میں رہنے والے لوگ بھی مشین کی طرح جذبات و احساسات سے عاری ہیں۔ کیا اس کا بھائی بھی ایک مشین ہے۔ پھر میں اپنے بھائی کی طرح مشین کیوں نہ بن سکا۔ انہی سوچوں کے بیچ دہلی کے ہوائی اڈے پر پہنچ کر خیالات کا سلسلہ ٹوٹا۔ گھر پہنچ کر یوگی نے اپنی شریک حیات اور بچوں کو بھائی کی خدمت میں گزرے ہوئے دنوں کی داستان سنائی تو وہ اُس پر ٹوٹ پڑے۔ جیسے وہ اسی عمل کے لیے تیار بیٹھے ہوں۔ ایک سے ایک تلخ جملہ زہر میں بجھے ہوئے تیر کی مانند اُس کے جسم کو چھیدنے لگا۔ جواب میں اُس کے منہ سے اتنا ہی نکل سکا۔

''رام میرا بھائی ہے، میں اُس کی مشکل میں کام نہ آیا تو اور کون آئے گا، دنیا کچھ بھی کہے میں تو یہی جانتا ہوں کہ رام کے پہلو میں ایک محبت بھرا دل ہے اور وہ میرے ساتھ کبھی زیادتی نہیں کرسکتا!'' یہ الفاظ ادا کرتے ہوئے یوگی کی زبان اُس کا ساتھ نہیں دے رہی تھی۔ اُس کے دل سے کچھ اور ہی الفاظ ادا ہو رہے تھے ''گئے تھے بھائی بن کر۔۔۔!! لوٹے ہو شاعر کا خطاب لے کر۔۔۔!!! لفظ شاعر پر یوگی کے دل میں چند اشعار سر ابھارنے لگے۔

آخر دستِ قضا نے مجھ سے چھین لیا ہے ساتھ کسی کا
میں ہوں اس دنیا میں تنہا وہ ہے اُس دنیا میں تنہا
مانا وہ مطلب کا بندہ رسم وفا سے بیگانہ تھا
لیکن رخصت کا وہ منظر جب وہ دریا دریا رویا
بات بنے کیا دیر ہوئی تھی لیکن اپنی قسمت پھوٹی
وہ پردیسی ہم پردیسی دونوں کا ہے درد سے رشتہ
روحوں کے جھرمٹ میں اس کو یاد کسی کی کیا آئے گی
جس نے ہر اک شخص کو اکثر دوری کا احساس دلایا
تشنہ دل کی خیر مناؤ اور اشکوں کے دیپ جلاؤ
ورنہ کھا جائے گا تم کو ہجر کی لمبی رات کا پہرہ

☆

شجرِ ممنوعہ کی چاہ میں

پرویز شہریار
(نئی دہلی، بھارت)

اس نے کہا تھا۔

''ازدواج کی عارضی ادلا بدلی سے فرسودہ رشتہ میں نئی بہار آ جاتی ہے جس سے رشتے کی جڑ مضبوط ہوتی ہے اور محبت کے بوسیدہ شجر پر نئی کونپلیں پھوٹنے لگتی ہیں۔''

اس نے جھوٹ کہا تھا۔

''میں اس شجرِ ممنوعہ پر چڑھنا نہیں چاہتی تھی۔ مجھے اس سے کراہیت ہوتی تھی۔ لیکن، اس کی خوشی کے لیے، میں نے خود کو سمجھا لیا تھا۔

اپنے دل کی ایک نہیں سنی تھی اور بے قرار دل پر پتھر رکھ کر اس کی باتوں میں آ گئی تھی۔''

مجھے نیچے سے دھکا دے کر جب وہ شجرِ ممنوعہ پر چڑھانے لگا، تب میرا ماتھا ایک دم سے ٹھنکا تھا۔ میں نے نیچے گہرا کنواں دیکھ لیا تھا۔ میرے ہاتھ پاؤں اور تمام اعضا جواب دینے لگے تھے۔ میں درخت سے نیچے گرنے ہی والی تھی کہ تبھی کسی نے اوپر درخت سے ہاتھ بڑھا کر میرا ہاتھ تھام لیا تھا۔ میں نے دیکھا، کوئی شخص پہلے ہی سے وہاں مجھے سہارا دے کر اوپر اٹھانے کے لیے موجود تھا۔ ایک پل کو مجھے لگا میرے تن پر ایک کپڑا نہیں ہے۔ دنیا مجھے آنکھیں پھاڑ پھاڑ کر دیکھ رہی ہے۔ لیکن جب حواس ٹھکانے لگے اور غور سے دیکھا تو وہاں ہر طرف ہمارے ہی جیسے لوگ موجود تھے۔ شجرِ ممنوعہ کا سرسبز و شاداب نخلستان اور دور دور تک ریگستان کا لامتناہی گھُپ اندھیرا۔ ہر درخت پر کوئی آدم زاد موجود تھا اور حوا کی بیٹیاں شجرِ ممنوعہ پر زبردستی چڑھائی جا رہی تھیں۔ درخت کے پھل کھاتے ہی احساسِ زیاں جاتا رہا اور گہرے کنویں کا خوف بھی کافور ہو گیا۔ ہر طرف اٹھکھیلیاں چل رہی تھیں اور خشک ریگستان کے ٹھیک بیچوں بیچ قہقہوں کے قُل قُل کرتے چشمے پھوٹ رہے تھے۔

ہم محبت کے رس میں بھیگے ہوئے تھے۔ ہمیں غیر مرد کی آغوش میں خود سپردگی کے لیے خود ہمارے شوہر آمادہ کر رہے تھے۔ ان کی مدد سے ہم اپنے لباسوں کی قید سے انتہائی حساس طریقے سے دھیرے دھیرے آزاد ہو رہی تھیں۔ ہمارے جسم کے تمام رونگٹے کانٹے دار گرگٹوں کی طرح کھڑے ہوتے جاتے تھے، جُوں جُوں مردانہ ہاتھوں کے لمس سے ہماری حساس جلدیں مس ہوتی جاتی تھیں۔ اوپر سے نیچے تک ہمارے اعضا بھی گرگٹ کی طرح رنگ بدل رہے تھے... کچھ پتہ نہیں چل رہا تھا کہ کون سا ہاتھ اپنے اور کون سا پرائے مرد کا ہے۔ پورے بدن میں کپکپاہٹ سی دوڑ رہی تھی۔ ہم پر بے خودی اس قدر طاری تھی کہ کچھ بھی سوچنے کا وقت نہیں تھا۔ ہر پل بلکہ ایک ایک پل کے ہزارویں حصے میں بھی احساس کی لاکھوں کونپلیں پھوٹ رہی تھیں۔ ہمارے جنسی غدودوں میں اس قدر ہلچل مچی ہوئی تھی کہ معلوم ہوتا تھا کہ پراکرتی اور پرش کے اس ملن نے فطرت کے کاموں میں دخل در معقولات کر کے جوالا مکھی، طوفان اور سیلاب تینوں کے گیٹ بیک وقت کھول دیئے ہوں۔ ہم خس و خاشاک کی طرح جنسی ہیجان کے سیلِ رواں میں بہتے جا رہے تھے۔

ہوش جب آیا جب دھیرے دھیرے موسیقی کی دھن مدھم پڑنے لگی اور جلتی بجھتی برقی قمقموں کی رنگ برنگی روشنی ماند پڑنے لگی۔ جسموں کے ملن کا سنگم چھتری ہوئی پرچھائیوں کی اوٹ میں گم تھا۔ وہاں تو صرف لیزر بیم کی چھٹکتی روشنی میں کوئی مخصوص عضو روشن ہو اٹھتے تھے۔ کون سا عضو کس کا تھا، اسے دیکھنے کا ہوش کسے تھا۔

میرا شوہر شروع سے شہوت پرست اور حسن کا پرستار تھا۔ لیکن ہماری شادی شدہ زندگی میں جب چنگاریاں سرد پڑنے لگیں تو ایک دن، شام کی ملگجی روشنی میں اس نے سرگوشی سے میرا دل ٹٹولتے ہوئے کہا تھا۔ جانِ من! میں ایک ایسی جگہ جانتا ہوں جہاں جانے سے ہماری ازدواجی زندگی کی خوشیاں پھر سے لوٹ آئیں گی۔''

میں اپنی پوری شدت سے اُسے اُس کے ارادے سے باز رکھنے کے لیے منع کرتی رہی...

لیکن مجھے معلوم تھا۔ وہ ایک بار کسی چیز کی ضد پکڑ لے تو اسے منع کرنا بہت ہی مشکل کام ہو جاتا تھا۔

مجھے جس بات کا سب سے زیادہ ڈر تھا، آخر وہی ہوا۔ دھیرے دھیرے اس نے احساسِ محرومی میں مبتلا ہو کر بہت زیادہ شراب نوشی کرنی شروع کر دی۔ رات میں گھر دیر سے آنے لگا۔ ہر وقت اس کا موڈ اکھڑا اکھڑا سا رہنے لگا۔

مجھے طرح طرح سے، اس نے یہ باور کرانے کی کوشش کرنی شروع کر دی کہ ''وہ سہی'' ہے اور میں اس کی بات مان لوں...، آخر ایک دن اس کی ضد کے آگے میں جھک گئی۔ کیونکہ، میں اسے زیادہ دنوں تک روٹھا ہوا نہیں دیکھ سکتی تھی۔ آخر کار، ایک دن جب میں اچھے موڈ میں تھی تو میں نے اُس کے لیے ''حامی'' بھر لی۔

وہ خوشی سے ناچ اُٹھا۔ اُس کے دل کی مراد پوری ہو گئی تھی۔

وہ مجھے اُس پُراسرار جگہ پر لے گیا۔

وہ جگہ کیا تھی، ایک خفیہ کلب تھا۔ جہاں زوج کی ادلا بدلی ہوتی تھی۔ اصل میں، وہ کلب کثیر جنسی سرگرمیوں کی آماجگاہ تھا۔

اس کے دونوں ہاتھ کھمبے کے ساتھ ریشم کی ڈور سے بندھے ہوئے تھے اور وہ مست ہاتھی کی طرح جھوم رہا تھا۔ نسائی ہاتھوں کی مخروطی انگلیوں کے لمس سے اس کی گردن، پیٹھ اور پہلوؤں میں متواتر سہرن سے دوڑ جاتی تھی۔ یہ جسم و جاں کے اندر موجود مثبت حیوانی توانائیوں کو ہوا دے کر اسے تسخیر کرنے کا عمل تھا۔ جسے عرفِ عام میں کالا جادو جگانے کے عمل سے تعبیر کیا جاتا ہے۔

اوّل اوّل مرد وزن خوشنما پوشاکوں میں ملبوس یہاں وہاں گھوم ٹہل رہے تھے۔لیکن جوں جوں موسیقی کی دھن میں تیزی آتی گئی، ان کے جسم کپڑوں سے بے نیاز ہوتے چلے جاتے تھے۔ دیکھتے ہی دیکھتے، مادر زاد انسانوں کا وہاں ایک جمگھٹا سا نظر آنے لگا تھا۔ وہ سب کسی اور ہی دُنیا سے آئے ہوئے دُم کٹے جانور معلوم ہوتے تھے۔ان کا ماننا تھا کہ عریانیت کوئی معیوب چیز نہیں ہے۔ جب خدا، گوڈ اور ایشور نے ہمیں اسی روپ میں بنایا ہے تو پھر اس پر سے یہ آورن کیوں اوڑھا جائے۔ ننگے رہنے میں کوئی حرج نہیں ہے۔ جب ہم دوسروں کی بیویوں کو للچائی ہوئی نظروں سے دیکھتے ہیں تو ہمارے اندر منفی توانائی پیدا ہوتی ہے جس کا انخلا ضروری ہے۔ اس طرح سے آزادانہ رہ کر ہم جس استری سے جی چاہے سنبھوگ کر سکتے ہیں۔ بشرطیکہ وہ استری بھی آپ کے اندر کشش محسوس کرتی ہو۔

اس عمل سے ہمارے اندر مثبت توانائی پیدا ہوتی ہے اور وقفے وقفے سے بطن اور دماغ میں مجتمع ہونے والی منفی توانائیوں سے ہمیں نجات ملتی ہے۔ ہم برے خیالات سے بچتے ہیں۔ سچ تو یہ ہے کہ ایشور ہمیں ایسے روپ میں زیادہ پسند کرتا ہے۔ ہاں! جس کے اندر شہوانی جذبات کو مہمیز نہ ملتی ہو وہ شانت رہ سکتا ہے۔ اسے اسی میں آنند آتا ہے لیکن جس کی ترشنا جتنی تیز ہوتی ہے، وہ ترپتی کے لئے اتنا ہی زیادہ پریاس کرتا ہے۔ یہ فطری بات ہے۔ آپ پیاسے گھوڑے کو پانی پینے سے روک تو سکتے ہیں لیکن جس گھوڑے کو پیاس ہی نہ لگی ہو اُسے آپ زبردستی پانی نہیں پلا سکتے۔ اسی طرح آپ کسی بھی کام کو زبردستی نہیں کر سکتے۔ اگر روچی نہ ہو تو کھانے سے ہاتھ کھینچ لینے ہی میں بھلائی ہے۔

میں نے کھانے سے ہاتھ کھینچ لیا تھا۔

اس وقت میری عمر چھیالیس سال کی ہو چکی تھی۔ لیکن میرے شوہر کی بھوک تھی کہ اس کی عمر میں اضافے کے ساتھ ساتھ بڑھتی ہی جا رہی تھی، اس کی شہوانی خواہشات مزید جوان ہوتی جا رہی تھی۔ وہ مجھے اپنے ہاتھوں سے بناؤ سنگھار کر کے کلب لے جاتا۔ میرے گورے گورے انگوں میں ایک قدرتی کساؤ برقرار تھا اور میرے جوبن کے اُبھار بھی ماند نہیں پڑے تھے۔ لیکن اندر سے میں خود کو کمزور محسوس کرنے لگی تھی۔ میں اپنے شوہر کی خوشی کے لیے وہ سب کچھ کر رہی تھی جس سے کہ وہ خوش رہے۔ مجھے غیر مردوں کے ہاتھوں میں جھولنے، ان کی بانہوں میں مچلنے اور اپنے ہونٹوں کے زوایے میں ان کی زبان کی پھسلن محسوس کرنے میں کچھ مزہ نہیں آتا تھا۔ لیکن جب اپنے شوہر کے سامنے دوسرا مرد آپ کے وجود کو جھنجھوڑتا ہے تو یقیناً آپ کے اپنے مرد کے اندر رقابت اور حسد کا ایک شعلہ سا لپک اٹھتا ہے اور وہ اس کی تپش میں جھلس کر اپنے اندر کی گرمی دوسری عورتوں کے اندر جا کر ٹھنڈا کرتا ہے۔ یہ شعلوں سے کھیلنے کا ایک غیر فطری عمل ہے۔ لیکن یہی کام میرے شوہر کے اندر ہر بار جینے کی ایک نئی امنگ پیدا کر دیتا تھا۔ کئی ماہ تک آنکھ مچولی کا یہ سفلی کھیل چلتا رہا۔ اس کے اندر تیزی سے تبدیلی آ رہی تھی۔ یہاں تک کہ ہماری ازدواجی زندگی میں ایک ایسا بھی موڑ آیا جب مجھے اس کی خوشی سے نفرت اور چڑھ سی ہونے لگی۔

دراصل، وہ نیا نیا امیر ہوا تھا اور اپنی اسی امارت کے گھمنڈ میں دُنیا کی حسین ترین دوشیزاؤں کو اپنے بستر کی زینت بنا رہا تھا۔ اس کا دل ہر پل کسی ایسی الھڑ اور البیلی حسینہ کو ڈھونڈتا جو اس کے پہلوؤں کو ہر وقت گرم کرتی رہے، ----- اُس کا ماننا تھا کہ آج جو کچھ بھی اس کے پاس ہے وہ سب اس کی نجی محنت کا ثمرہ ہے۔

حقیقت یہ ہے کہ میرا شوہر بہت لکی تھا۔ اس نے اپنے بھائی کے ساتھ مل کر ریئل اسٹیٹ کا کاروبار شروع کیا تھا۔ اسے دن دوگنی رات چوگنی ترقی ملی۔ گویا کوئی پارس پتھر اس کے ہاتھ لگ گیا ہو۔ دیکھتے ہی دیکھتے اس نے ایمپائر کھڑے کر لیے، فارم ہاؤس خرید لیے اور شہر کے گرد و نواح میں کئی ہوٹلیں کھول لیں۔ ہر ہوٹل میں بار بی کیو اور ڈانس فلور بنوا رکھے تھے جہاں نوجواں جوڑیاں ڈنر سے پہلے بھوک بڑھانے کے لیے ڈانس کیا کرتے تھے۔ کبھی کبھی میں اپنے شوہر کے ساتھ جاتی تو ان کا دل رکھنے کی خاطر میں بھی کچھ اسٹیپس کر لیا کرتی تھی۔ وہ مزید ضد کرتا لیکن میں زیادہ ساتھ نہیں دے پاتی تھی۔

میری شادی جب ہوئی میں سولہویں سال کے میٹھے شباب کے دور سے گزر رہی تھی۔ جب بالی عمر کی لڑکیاں سپنوں میں اپنے شہزادے کو گھوڑے پر آتا ہوا دیکھتی ہیں۔ مہوئے کے رس سے جب انگ انگ مہک رہا ہوتا ہے اور درد کے میٹھے چبھن سے سارا جسم ٹوٹ رہا ہوتا ہے۔ ایسے میں من کرتا ہے کہ کوئی آپ کو ٹوٹ کر چاہے، کوئی پیار کرے اور کوئی آپ پر اپنی جان نثار کرے۔ میں بھی چاہتی تھی کہ میں ایسے سپنوں کے راجکمار کے ہاتھوں میں اپنے حسن کے خزانے سونپ کر اس کی بانہوں میں سکھ چین کی بانسری بجاتی ہوئی عمر بسر کر دوں۔

لیکن ایسا نہیں ہوا۔

جب میری شادی ہوئی۔ میری شوہر کی عمر بیس سال تھی۔ اس کے ہاتھوں میں اپنا کوئی کاروبار نہیں تھا۔ وہ اپنے مالدار بھائی کا شافر تھا۔ بھائی کی کوئی اولاد نہیں تھی۔ وہ پیر و فقیر اور درگاہوں کی خاک چھان کر تھک چکے تھے۔ تبھی انھیں کسی نے مشورہ دیا کہ اپنے چھوٹے بھائی کی شادی کر دو شاید اس کی قسمت سے اولاد کا سکھ نصیب ہو جائے۔ میرے شوہر کے ماں باپ بچپن میں ہی خدا کو پیارے ہو گئے تھے۔ وہ یتیم تھا۔ میں بیاہ کر آئی۔ گھر میں پھول جیسے دو بچے ہوئے۔ بڑے لاڈ پیار سے ان کی پرورش ہوئی۔ بڑے ہوئے، پڑھنے کے لیے یونیورسٹیوں میں چلے گئے۔ تعلیم مکمل کی ملازمت ملی پھر وہیں کے ہو کے رہ گئے۔

ایک دن میرے شوہر نے اداسی بھرے لہجے میں کہا تھا۔

اتنی کم عمر میں شادی ہوئی۔ کیسے بچے ہوئے۔ کب پلے بڑھے کچھ پتہ ہی نہیں چلا۔ شادی تو گڈے گڑیے کا کھیل ہو گیا۔ جب تک سمجھ میں آیا کہ شادی کیا ہوتی ہے، کیوں ہوتی ہے اور زندگی کا لطف کیسے لیتے ہیں۔ تب تک پُل کے نیچے سے بہت سارا پانی بہہ چکا تھا۔ اس کا خیال تھا کہ یہ زندگی نہ ملے گی دوبارہ! وہ اسے کھل کر اپنی پوری قوت سے جینا چاہتا تھا۔

اُس نے کہا تھا۔

میں ایک خود ساختہ انسان ہوں۔ میں سڑک سے اُٹھ کر یہاں تک پہنچا ہوں، جہاں دُنیا کی عظیم الشان چیزوں تک آج میری رسائی ممکن ہے۔ انھیں میں جب چاہوں حاصل کر سکتا ہوں۔ آج گلوبل گاؤں کا تصور عام ہو چکا ہے۔ آج کوئی بھی شخص دُنیا کی کسی بھی حسینہ کو جب چاہے اپنے بستر کی زینت بنا سکتا ہے۔ یہ سب ہم نے اپنے عزیز ترین جذباتی رشتوں کو کھو کر حاصل کیا ہے۔ اس مشینی دور میں اپنے سچے اور معصوم جذبات کا ہم نے خود اپنے ہاتھوں سے خون کیا ہے۔

تم جانتی ہو، میں ایک مابعد جدید انسان ہوں۔ میں ان سب چیزوں سے کسی بھی قیمت پر تیاگ نہیں لے سکتا۔ میں سنیاسی بن کر جینا نہیں چاہتا۔ یہ زندگی صرف ایک بار ہی ملی ہے۔ میں اس سے لطف اُٹھانا چاہتا ہوں۔ میں اپنی جنسی تشنگی کو تہہ دامن دبا کے مہاپرش اور مہاتما بننے کا آڈمبر نہیں رچا سکتا.....

میرے شوہر کے دماغ میں ازدواجی زندگی سے متعلق ایک تشنگی سی گھر کر گئی تھی۔ بس، یہی فتنہ سا خیال تھا۔ جس کے انکورنے کے بعد کونپلیں متواتر پھوٹتی رہیں اور پھر ایک دن، وہ ایک پورا تناور درخت بن گیا۔ اس کی بوالہوسی نے کسی برگد کی جڑوں کی طرح سے اپنے شاخسانے چاروں طرف پھیلانے شروع کر دیئے تھے۔ رفتہ رفتہ بڑھتے بڑھتے اب وہ ایک جگادری درخت بن چکا تھا۔

ہاں! وہی شجرِ ممنوعہ۔

اس شجرِ ممنوعہ کی جڑوں سے لگا ایک گہرا کنواں بھی تھا جسے دیکھ کے ڈر لگتا تھا۔ مگر اس درخت کے پھل نے مجھے اوّل اوّل ایسا مدہوش کیا کہ اس کی سرشاری میں میرے حواس ٹھکانے نہ رہے اور جب ہوش آیا تو میری دنیا پوری طرح سے اُجڑ چکی تھی۔

وہ کالی بھوجنگ تھی۔ جیسے کوئی کوؤں کی پری!

اُس کی بوٹی بوٹی چمکتی تھی، کسی ناگن کی طرح۔ ایک بار جو اُسے آنکھیں بھر کے دیکھ لیتا مجال نہیں کہ اس کی نگاہیں اس پر سے دم کو بھی ہٹ جائیں۔ یہ سچ ہے کہ اس کے اندر بلا کی کشش تھی۔

میرا شوہر اُس پر لٹو تھا۔ اسے ایسی پُرکشش عورتیں بڑی مرغوب تھیں۔ لیکن اس کے اندر اتنی جرأت نہیں تھی کہ وہ انھیں اپنی طرف متوجہ کر سکے۔ وہ انھیں مخاطب کرنے سے ڈرتا تھا۔ کیوں کہ وہ ہکلاتا تھا۔ تبھی اسے اس کلب کا پتہ چلا تھا۔ اس نے وقت ضائع کیے بغیر اپنے منصوبے کے مطابق مجھے شیشے میں ڈھال لیا تھا۔

اس نے جھوٹ کہا تھا۔

''ازدواج کی عارضی ادلا بدلی سے فرسودہ رشتے میں نئی بہار آجاتی ہے جس سے رشتے کی جڑ مضبوط ہوتی ہے اور محبت کے بوسیدہ شجر میں نئی کونپلیں پھوٹنے لگتی ہیں۔''

لیکن ------ جب کبھی سوچتی ہوں تو لگتا ہے۔

اس نے سچ ہی کہا تھا۔

''محبت کے بوسیدہ شجر میں نئی کونپلیں پھوٹنے لگتی ہیں۔''

ہاں! کونپلیں تو پھوٹیں اور خوب پھوٹیں لیکن یہ اور بات ہے کہ اس کے ساتھ ہی میری قسمت بھی پھوٹ گئی۔

وہ میرے سامنے اس کلجگ کی گوپیوں سے پینگیں بڑھاتا رہا اور میں گم صم بنی اپنی آنکھوں سے یہ سب تماشہ دیکھتی رہی۔ بھانت بھانت کے رنگ روپ کے مرد و زن جب ایک دوسرے میں پیوست ہوتے تو آدم زادوں کا ایک ایسا ہیولہ تیار ہو جاتا تھا، جو اپنے آپ میں کسی شجرِ ممنوعہ سے کم نہ تھا۔ اس پر مستزاد، وہ لمبی سیاہ زلفوں والی ڈائن تھی جو مردوں کے ہاتھوں میں شراب سے لبریز کسی پیانے کی طرح گردش کرتی رہتی۔ حتیٰ کہ اس کے گرد مردوں کی لام لگ جاتی اور وہ سب اکٹھے اسے اپنے گرم گرم ہونٹوں سے چومتے تھے۔

اِدھر میں اپنے ہاتھوں سے اپنے نصیبوں کو رو پیٹ کر بیٹھ چکی تھی۔ میری حیثیت اُس چوسی ہوئی آم کی گٹھلی کی مانند ہو چکی تھی جو آدم زادوں کی ٹھوکروں کی زد پر ایک جگہ سے دوسری جگہ پر جا کر گر پڑتی ہے۔ جسے گدھے بھی سونگھ کے چھوڑ دیتے ہیں۔

میرا شوہر بھی بہت بڑا گدھا تھا۔ اس کا سر گدھے ہی جیسا لمبا تھا جسے وہ سنبھال کر اپنے قابو میں نہیں رکھ سکتا تھا۔ جب اسے عشق کا دورہ پڑتا تو ڈھینچو ڈھینچو کرتا ہوا، سرِعام اپنی سنک پوری کرنا شروع کر دیتا تھا۔

ایسے ہی کسی افسردگی کے اداس لمحوں میں میرے شوہر کے بڑے بھائی نے مجھے شہر کے سب سے قدیم سینے گاج کے ایک ربّی سے ملاقات کروائی تھی۔ میری درد بھری داستان سننے کے بعد اُس نے مجھے توریت کا ایک واقعہ سنایا تھا۔

انھوں نے کہا تھا۔

آدم جب جنت میں اپنے اکیلے پن سے گھبرانے لگے تو خدا نے ان کی دل جوئی کے لیے آدم کی پسلی سے حوا کو پیدا کیا۔ ایک ساتھی مل جانے کے بعد آدم اور حوا جنت میں خوب شاداں و فرحاں رہنے لگے۔ تبھی للت جس کی شکل عورت کی تھی مگر اس کا بدن سانپ کا تھا۔ اُسے یہ سب دیکھ کے برداشت نہ ہوا۔ کیونکہ وہ جنت میں اس وقت سے موجود تھی جب حوا کا وہاں وجود بھی نہ تھا۔ دراصل، حوا وہاں بعد میں آئی تھی اور للت وہاں پہلے سے رہ رہی تھی۔ ایک دوسری عورت کو دیکھ کے للت کے اندر جلاپا شروع ہو گیا۔ اس نے آدم اور حوا کے خلاف ایک سازش رچی اور باغِ بہشت کے ایک خاص شجرِ ممنوعہ کی طرف اشارہ کرتے ہوئے کہا۔

''ارے یہ کیا بات ہوئی کہ جنت کا جو سب سے بہترین پھل ہے، بھلا اسے ہی کھانے سے منع کر دیا گیا ہے۔

دیکھو حوا! تم یہ پھل ضرور کھانا۔ اس جیسا جنت میں کوئی دوسرا پھل نہیں ہے۔''

اتنا سننا تھا کہ حوا اپنی فطری معصومیت کی وجہ سے سازش کا شکار ہو گئیں۔ جنت کا پھل چکھتے ہی ان کی شرمگاہیں عیاں ہو گئیں اور پھل کھا لینے کی

پاداش میں انھیں خلد سے نکال دیا گیا۔ وہ دن ہے اور آج کا دن عورت ہی عورت کے زوال کا سبب بنی ہوئی ہے۔

اس واقعہ کو سننے کے بعد مجھے لگا۔ میں بھی کسی سازش کا شکار ہوئی ہوں۔

میرے شوہر اور وہ سیاہ فام چڑیل ایک دوسرے کو شاید، پہلے سے ہی جانتے تھے۔

وقت گزرتا رہا اور زندگی کسی ناگن کی طرح رات کی تنہائی میں ڈستی رہی مجھے برسوں۔ حتیٰ کہ رات کی تنہائی کے تصور سے ہی میری ہڈیوں میں کوئی سرد سی لہر دوڑ جاتی تھی۔ رفتہ رفتہ، میری حالت غیر ہونے لگی۔ مجھے اپنے شوہر کی ایسی ذلیل حرکتوں سے نفرت سی ہونے لگی۔ وہ میرے پاس ہوتے ہوئے بھی مجھ سے کوسوں دور محسوس ہونے لگا تھا۔ میں اپنی نظروں کے سامنے اسے اپنے سے دور ہوتا دیکھتی رہی۔

میری اس لامتناہی اداسی اور گہری خاموشی کو دیکھتے ہوئے۔ میرے شوہر کے بڑے بھائی نے بڑی پدرانہ شفقت سے سمجھاتے ہوئے کہا تھا۔

''دیکھو بیٹا!

محبت آزاد پرندہ ہے۔ اسے کھلی فضا میں چھوڑ دو۔ اگر لوٹ آئے تو تمھارا ورنہ وہ تمھارا کبھی تھا ہی نہیں۔''

یہ ایسی حقیقت تھی کہ جس کے تلخ گھونٹ مجھے تنہا پینے پڑے۔

میرا پرندہ کسی اور ہی مٹی کا بنا تھا۔ اسے نہیں لوٹنا تھا، وہ نہیں لوٹا ------- میں یہ سب کس سے شیئر کرتی؟

میری متی ماری گئی تھی۔ کلب کی رنگین پرچھائیاں اس کے خرجسم کو شراب وشباب سے خوب شرابور کرتی رہیں اور میری آنکھیں دھوکا کھاتی رہیں، میری عقل پر پتھر پڑ گیا تھا۔ میری نظروں کے سامنے وہ اس سیاہ سمندر میں غوطے کھاتا رہا ہے، متواتر ڈوبتا رہا، متواتر ابھرتا رہا اور اس کے قہقہوں کی آواز میرے کانوں میں نہیں پڑ رہی تھیں۔

آج، میں خود کو اکیلے پن کے ایسے گہرے کنویں میں گری ہوئی محسوس کر رہی ہوں، جہاں سے میری آواز باہر کی دُنیا تک پہنچ نہیں سکتی ہے۔ میں اندر ہی اندر چیخ رہی ہوں لیکن میرے آس پاس مجھے کوئی سننے والا نہیں ہے۔

افسوس!

صد افسوس! میں نے یہ کیا کیا۔

شجر ممنوعہ کی چاہ میں!

آٹھواں دروازہ

رومانہ رومی
(کراچی)

کہانی اپنے کلائمکس کی جانب بڑھ رہی تھی، لکھتے لکھتے میری انگلیوں میں درد ہونے لگا تھا میں نے ایک ہلکی سی انگڑائی لی کہ اچانک کسی نے میرے ہاتھوں سے قلم لے کر اُسے احتیاط سے میز پر رکھے قلم دان میں رکھ دیا۔اس سے پہلے کے میں اُن ہاتھوں پر اپنی توجہ مبذول کرتی اچانک تیز ہوا کے جھونکے نے میز پر رکھی میری کہانی کے صفحوں کو کمرے میں بکھیرنے کی کوشش کی میں نے جلدی سے اپنا دایاں ہاتھ کاغذ پر رکھا اور کوئی وزنی سی شے اُن کاغذوں پر رکھنے کے لیے نظریں دوڑائیں کہ اچانک کسی نے کرسٹل کا پیپر ویٹ چپکے سے میری کہانی پر دھر دیا۔میں نے چونک کر اِدھر اُدھر دیکھا مگر کمرے میں سوائے میرے اپنے وجود کے کوئی اور نہ تھا میں عجیب سی شش و پنج میں تھی کہ یکدم اُس کرسٹل کے پیپر ویٹ میں سے روشنی سی نکلتی ہوئی محسوس ہوئی اور پھر دیکھتے ہی دیکھتے میرا پورا کمرا اُس صاف شفاف روشنی میں نہا گیا۔

کچھ دیر بعد جب اُس کی چکا چوند تھوڑی ماند پڑی تو میں نے غور سے اُس پیپر ویٹ کو دیکھا میں حیران تھی کہ آخر اُس بے جان سے پیپر ویٹ میں روشنی کا یہ سوت کہاں سے پھوٹا تھا مگر مجھے اُس میں کچھ نظر نہیں آیا۔اس سے پہلے کہ میں کسی نتیجے پر پہنچتی اچانک اُس میں کچھ حرکت محسوس ہوئی اور پھر غیر متوقع طور پر اس کے اندر سے ایک نازک اور حسین سا ہاتھ باہر نکلا اور میرا دایاں ہاتھ تھام کر مجھے پیپر ویٹ کے اندر لے جانے کی کوشش کرنے لگا۔۔۔میں نے گھبرا کر خود کو اُس سے آزاد کرانے کی کوشش کی مگر بظاہر کمزور نظر آنے والے اُس نازک سے ہاتھ میں بلا کی طاقت تھی اور پھر میں اُس کی اس طاقت کے آگے ہارتی چلی گئی۔پیپر ویٹ کے اندر آنے کے بعد میں یہ دیکھ کر حیران رہ گئی کہ باہر سے وہ جتنا روشن اور شفاف تھا اندر سے بھی وہ ویسا ہی خوبصورت اور لاجواب تھا۔میں نے خوف اور حیرانگی سے چاروں طرف نظریں دوڑائیں اور اپنے حواس کو مجتمع کر کے وہاں سے باہر جانے کے لیے کوئی راستہ تلاش کرنے لگی۔میں نے مدد کے لیے آوازیں لگائیں مگر جواب میں مجھے اپنی ہی آوازوں کی بازگشت سنائی دی۔ اُس پیپر ویٹ کے اندر ایک ہال نما کمرا تھا جو ایک دائرے کی شکل میں تھا اور اس دائرے میں سات دروازے بنے ہوئے تھے جو سب کے سب ایک جیسے تھے، میں سوچنے لگی کہ آخر اس میں وہ کون سا دروازہ ہے جو مجھے پھر سے میری دنیا میں لے جائے گا۔سب ہی دروازوں کے سائز اور بناوٹ ایک جیسی تھی اگر چہ وہ سب ہی کرسٹل کے تھے مگر اُن کے دوسری جانب دیکھنا ناممکن تھا۔میں نے باری باری سب دروازوں کو آزمانے کا فیصلہ کیا اور ہمت کر کے ڈرتے ڈرتے پہلا دروازہ کھولا اور اندر داخل ہوگئی مگر یہاں تو چاروں جانب گھُپ اندھیرا تھا اور کچھ نظر نہیں آ رہا تھا، اس سے پہلے کہ میں کچھ دیکھ یا سمجھ پاتی اچانک گرم اور تیز ہوا کے جھکڑ نے مجھے آلیا اور تپتے ہوئے ریت کے باریک ذرّات میرے چہرے سے ٹکرانے لگے میں نے ان سے بچنے کے لیے ہاتھوں سے چہرہ ڈھانپ لیا اور اندازے سے آگے بڑھتی چلی گئی کہ شاید یہی میری نجات کا راستہ ہو، اچانک مجھے ٹھوکر لگی اور میں اوندھے منہ جا گری۔۔۔مجھے کچھ دکھائی نہیں دے رہا تھا میں نے اپنے ہاتھوں کی مدد سے اِردگرد کا جائزہ لینے کی کوشش کی مگر یہ کیا؟۔۔۔یہ تو شاید کوئی چھوٹی سی قبر تھی، میں نے مزید تصدیق کرنے کے لیے ہاتھ آگے بڑھایا اُفوہ! یہاں تو چاروں جانب چھوٹی چھوٹی قبروں کا ایک پورا قبرستان آباد تھا، میں ڈر گئی اور خوف سے کانپنے لگی۔۔۔ہوا کے گرم اور ریتیلے طوفان کا شور ختم چکا تھا اور اب اُس کی جگہ انگنت معصوم بچیوں کے رونے کی آوازیں میرے کانوں کے پردے پھاڑنے لگی۔۔۔گرمی، حبس، آندھی، قبریں اور اب یہ معصوم بین کرتی ہوئی آوازیں۔۔۔ میں گھبرا گئی، میرے اندر کی ممتا تڑپ اُٹھی میں چلائی 'کون ہو تم سب؟۔۔خدارا خاموش ہو جاؤ۔۔۔مجھے بتاؤ۔۔۔کیا دکھ ہے تمھیں؟۔۔۔کیوں مجھے تم سب کی آوازوں میں ایک سی فریاد سنائی دے رہی ہے؟' میرا سوال سن کر فضا میں ایک لمحہ کے لیے سناٹا چھا گیا، چند لمحوں کی یہ خاموشی مجھے اندر ہی اندر دہلا رہی تھی اور پھر اُس خاموشی کو ایک ننھی سی معصوم آواز نے توڑا۔۔۔'ہم سب اس ننھی منی قبروں کے قیدی ہیں'۔۔۔میں نے ہمت کی اور پوچھا 'مگر تم سب کو کس ظالم نے ان قبروں میں بے دردی سے قید کیا ہے؟'۔۔۔ایک سسکی اُبھری 'ہمارے اپنوں نے'۔۔۔میں نے حیرت سے کہا 'اپنوں نے؟ میں سمجھی نہیں'۔۔۔وہ بولی 'ہم سب اُن گھرانوں کی بیٹیاں ہیں جہاں لڑکی کی پیدائش گھر والوں کے لیے باعثِ شرمندگی ہوتی ہے۔۔۔اور اُن سب کا ایک ہی فیصلہ ہوتا ہے کہ وہ ہمیں زندہ درگور کر دیں۔۔۔اس طرح ہمیں اس دنیا میں آنکھیں کھولنے سے پہلے ہی موت کی تاریکیوں میں دھکیل دیا جاتا ہے۔۔۔ہم صدیوں سے یہاں قید ہیں۔۔۔ہم ہی نے تمھیں اپنی مدد کے لیے یہاں بلوایا ہے۔۔۔ہم جانتے ہیں کہ تم ایک قلم کار ہو اور قلم میں بڑی طاقت ہوتی ہے۔۔۔تمھیں ہمارے لیے اور ہمارے بعد آنے والی تمام نسلوں کے لیے احتجاج کرنا ہوگا تا کہ ظلم کی یہ داستان جو صدیوں سے چلی آ رہی ہے اس سے آنے والوں کو محفوظ کیا جائے'۔۔۔میری آنکھوں سے آنسو بہنے لگے۔۔۔اور پھر ہر طرف سے احتجاج۔۔۔احتجاج کی آوازیں بلند ہونے لگیں۔۔۔میں گھبرا کر پلٹی اور بھاگتی ہوئی دروازے سے باہر نکلتی چلی گئی۔۔۔

باہر آ کر میں نے لمبی سی سانس لی اور اپنے حواس درست کیے میں اندر سے ابھی تک لرز رہی تھی مگر مجھے یہاں سے باہر نکلنے کا راستہ بھی تلاش کرنا تھا سو پھر سے ہمت کی اور اگلے دروازے کو کھول کر اس میں داخل ہوگئی۔ یہاں

چاروں طرف ہلکی زرد روشنی سی پھیلی ہوئی تھی ابھی میری آنکھیں اُس روشنی میں کچھ دیکھنے کے قابل ہوئی ہی تھیں کہ ایک دل خراش چیخ نے مجھے سہا کر رکھ دیا وہاں کا منظر کسی بھی سخت سے سخت دل انسان کو لرزا دینے کے لیے کافی تھا۔۔۔ افوہ۔۔۔یہاں چاروں جانب بے شمار حاملہ عورتیں زمین پر لیٹی تھیں اور دردزہ سے گزر رہی تھیں جب کہ کچھ بچہ جن کر مر چکیں تھیں اور اب ان کے وہ بچے بھی اپنے زندگی کے آخری سانس پوری کر رہے تھے۔۔۔میں دہشت زدہ کھڑی تھی میری سمجھ میں کچھ نہیں آرہا تھا کہ مجھے کیا کرنا چاہیے، اچانک اُن میں سے ایک عورت نے چلاّ کر مجھے مخاطب کرتے ہوئے کہا 'تم آئیں؟۔۔۔کتنی دیر کردی ہے تم نے آنے میں ہم سب کب سے تمھارا انتظار کر رہے تھے'۔۔۔میں نے حوصلہ کیا اور ہمت کر کے پوچھا 'کون ہو تم سب۔۔۔اور اس حالت میں بے یار و مددگار کیوں یہ درد جھیل رہی ہو؟'۔۔۔میرا سوال سنتے ہی بیک وقت کئی سسکیاں یوں اُبھریں جیسے سب اپنی بے بسی کا ماتم کر رہی ہوں۔۔۔'ہم سب وہ بدنصیب عورتیں ہیں جنھیں عورت ہونے کی سزا میں لوٹ کا مال سمجھ کر بے درد انسانوں نے لوٹا ہے اور پھر اپنی درندگی کا تحفہ دے کر ہمیں بے یار و مددگار چھوڑ دیا ہے۔۔۔ہم وہ ہیں جو دوسروں کے گناہوں کا بوجھ اپنے جسم اور دل پر اُٹھائے پھر رہی ہیں'۔۔۔میں نے حیرانگی کے عالم میں پوچھا 'اپنی بے بسی کا ماتم کرنے سے بہتر نہ ہوتا کہ تم سب معاشرے سے بغاوت کرتیں اور اپنے حق کے لیے احتجاج کرتیں'۔۔میری بات سن کر وہ سب پھر زور زور سے کراہنے لگیں اور بولیں 'احتجاج۔۔۔کس سے کرتے احتجاج۔۔۔۔اُن اپنوں سے جن پر ہم اعتماد کرتے تھے اور جنھوں نے ہمارے اعتماد کا خون کیا۔۔۔جب کہ یہ وہ مقدس رشتے تھے جو ہماری سروں پر چادر مثال تھے لیکن جب وہ ہی بھوکے بھیڑئے بن جائیں تو احتجاج کس سے؟۔۔۔بولو کس سے؟'۔۔۔میں اُن سب کی باتیں سُن کر کانپنے لگی اور منمناتے ہوئے بولی 'مگر تم' ابھی میرا جملہ شروع ہی ہوا تھا کہ کسی نے میری بات کاٹتے ہوئے کہا 'یہ کیا تم ہمیں نصیحتوں پر نصیحتیں کر رہی ہو، حالانکہ تم وہ پہلی عورت ہو جس نے ہمارے درد کو محسوس کیا ہے تمھارے ہاتھوں میں قلم ہے تمھاری ذمہ داری ہے کہ اب اس کا حق ادا کرو اور ہمارے لیے احتجاج کرو۔۔۔'اور پھر ہر جانب سے درد میں ڈوبی احتجاج۔۔۔ احتجاج۔۔۔کی آوازیں بلند ہونے لگیں میں گھبرا گئی اور باہر کی جانب لپکی دروازے سے باہر آکر میں نے سکون کا سانس لیا اور سوچنے لگی کہ آخر میں کس جگہ آکر پھنس گئی ہوں یہاں سے باہر نکلنے کا کوئی راستہ مجھے نظر نہیں آرہا تھا۔۔۔

میں نے دوبارہ اپنی ہمت کو یک جا کیا اور تیسرے دروازے کی جانب بڑھی۔۔۔میں جیسے ہی تیسرے دروازے میں داخل ہوئی مجھے ایک عجیب سے گھٹن کا احساس ہوا، کمرے میں روشنی نہ ہونے کے برابر تھی میری آنکھیں جب اس روشنی میں دیکھنے کے قابل ہوئیں تو بے اختیار میرے منہ سے ایک خوف ناک چیخ نکل گئی، کمرے میں چاروں طرف معصوم بچیوں، جوان لڑکیوں، ادھیڑ عمر اور بوڑھی عورتوں کی لاشیں ہی لاشیں تھیں۔۔۔کوئی رسی سے لٹکی پھانسی کی حالت میں تھی۔۔۔تو کوئی زمین میں گردن تک دھنسی ہوئی۔۔۔کوئی کسی تیز دھار آلے سے کٹی ہوئی تو کوئی آگ سے جلی ہوئی۔۔۔کوئی دم توڑ چکی تھی تو کوئی اپنی زندگی کی آخری ہچکی کے انتظار میں تڑپ رہی تھی۔۔۔یہ دل خراش منظر مجھے پاگل کر دینے کے لیے کافی تھا۔۔۔اس سے پہلے کے میں وہاں سے بھاگتی ایک معصوم سی آواز میرے کانوں سے ٹکرائی۔۔۔'چھوڑ دو۔۔۔مجھے چھوڑ دو۔۔۔میں بے گناہ ہو۔۔۔مجھے کاری مت کرو۔۔۔مجھ پر یقین کرو میں نے کوئی گناہ نہیں کیا۔۔۔مجھ پر یہ ظلم نہ کرو۔۔۔'میں نے آواز کی سمت پلٹ کر دیکھا تو حیران رہ گئی ایک معصوم سی دس بارہ برس کی بچی کو ایک درخت کی اونچی سی شاخ سے لٹکایا ہوا تھا اور ٹھیک اُس کے نیچے آگ کا ایک دہکتا الاؤ روشن تھا رسی بہت نازک سی تھی اور کسی بھی لمحہ وہ معصوم لڑکی آگ میں گر کر جلنے والی تھی میں دہشت زدہ حالت میں اُس منظر کو دیکھ رہی تھی کہ اچانک اُس نے اپنا رخ میرے جانب کیا اور بولی 'تم آگئیں؟۔۔۔مجھے یقین تھا تم ایک دن ضرور آؤ گی اور مجھے بچالو گی۔۔۔مجھے بچالو۔۔۔میں بے گناہ ہوں'۔۔۔میں نے ہمت کی اور پوچھا تم سب کون ہو؟ اور یہ سب کیا ہے؟'۔۔۔وہ بولی 'میں ایک بے بس اور مجبور لڑکی ہوں اور یہ سب بھی میرے ہی جیسی لڑکیاں اور عورتیں ہے۔۔۔جو بے قصور اور بے بسی کی جیتی جاگتی تصویریں ہیں۔' "مگر تم سب کے ساتھ یہ کیا ماجرا ہوا ہے؟' میں نے سوال کیا۔۔۔وہ بولی 'ہم سب وہ ہیں جن کے اپنے ماں باپ، بھائی اُنھیں اپنی وراثتوں اور جائدادوں میں حصے نہ دینے کی غرض سے ان پر گندے اور جھوٹے الزامات لگا کر اپنی مرضی سے کوئی بھی سزا تجویز کرتے پھر لوگوں کے سامنے غیرت کا جھوٹا مکھوٹا پہن کر معاشرے میں عزت سے سر اُٹھا کر چلتے ہیں۔۔۔ہم سب اسی طرح کے ظلم کا شکار ہوئی ہیں۔۔۔'ابھی اُس کی بات ختم بھی نہیں ہوئی تھی کہ رسی ٹوٹ گئی اور وہ الاؤ میں جا گری میں چیخ چیخ کر رونے لگی، میں اُسے بچانے کے لیے کچھ بھی نہیں کر پائی تھی ابھی میں اِس صدمہ میں تھی کہ الاؤ سے اُس کی آواز آئی۔۔۔'نہیں۔۔نہیں۔۔۔تمھیں ہمارے لیے رونا نہیں ہے۔۔۔بلکہ ہماری مدد کرنا ہے اُٹھو اور ہمارے لیے احتجاج کرو۔۔۔اس ظلم کے خلاف آواز اُٹھاؤ۔۔۔تم بہت مضبوط اور طاقت ور ہو۔۔۔تمھارے پاس علم کی روشنی ہی نہیں بلکہ قلم کی طاقت بھی ہے۔۔۔تمھیں ہمارے لیے لڑنا ہوگا۔۔۔احتجاج کرنا ہوگا' اور پھر ہر طرف احتجاج احتجاج کی صدائیں بلند ہونے لگی میں نے دوڑ لگائی اور دروازہ کھول کر باہر نکل گئی۔

میں نے اپنے منتشر اعصاب کو یکجا کیا اور چوتھے دروازے کی جانب قدم بڑھائے۔۔۔اب میں ذہنی طور پر تیار تھی کہ یہاں بھی مجھے کوئی غیر معمولی صورتِ حال کا سامنا کرنا پڑے گا لیکن چوں کہ مجھے واپسی کے راستے کی تلاش تھی سو مجھے خطرہ تو مول لینا ہی تھا۔۔۔میں چوتھے دروازے سے جیسے ہی اندر داخل ہوئی، یہ ایک نہایت خوبصورت، روشن اور شاندار کمرہ تھا اس کی سجاوٹ اور آرائش آنکھوں کو خیرہ کیے جا رہی تھی ابھی میں اس راز کو سمجھ بھی نہ پائی تھی کہ

اچانک میری نگاہ کمرے کے کونوں پر تھوڑے تھوڑے فاصلوں پر بنے ان ستونوں پر جاٹھہری جو تھے تو کمرے کی بناوٹ اور سجاوٹ کی طرح خوبصورت مگر ہر ایک ستون میں ایک چھوٹی سی مضبوط سلاخوں والی کھڑکی تھی اور ہر کھڑکی کے پیچھے سے ایک خوبصورت چہرہ مجھے گھور رہا تھا میں نے ڈرتے ڈرتے پوچھا 'کون ہو تم سب اور یہاں اس طرح کیوں قید ہو؟' ایک آہ ابھری 'ہم سب محبت کرنے کے جرم میں یہاں قید کیئے گئے ہیں'۔۔۔'کیا؟ میں سمجھی نہیں'۔۔۔میں نے حیرت سے پوچھا۔۔۔'تم نہیں سمجھیں حیرت ہے!۔۔۔تم ایک لکھاری ہو اور محبت جیسے لطیف جذبے کو تم نہ سمجھ پاؤ یہ ناممکن ہے'۔۔۔ان سب کے چہروں پر بیک وقت میرے لیے افسوس اور تعجب کے جذبات نظر آنے لگے میں گھبرا گئی اور بولی 'مجھے معاف کرنا میں تم سب کی باتوں کا مطلب نہیں سمجھ پائی۔۔۔ذرا وضاحت کر دو تو عنایت ہوگی'۔۔۔سب نے آنکھوں ہی آنکھوں میں ایک دوسرے کو دیکھا اور پھر ان میں سے ایک گویا ہوئی 'ہم سب تاریخ کے وہ کردار ہیں جنھوں نے اپنے اپنے دور میں روایات سے بغاوت کی، سماج کی جھوٹی رسم و رواج کو توڑنے کی کوشش کی اور کسی ذات پات کے فرق یا غریب امیر کے امتیاز کو پسِ پشت ڈال کر اپنے سے کم رتبہ مالی لحاظ سے کمزور انسانوں کو زندگی گزارنے کے لیے اپنا ساتھی چنا ۔۔۔بس پھر کیا تھا قبیلوں، ذاتوں اور مذاہب میں بانٹنے والوں اور خود ساختہ معیارِ زندگی کو دولت کے ترازو میں تولنے والوں نے ہماری خواہشات کا قتلِ عام کیا اور یوں ہم سب زندہ دیواروں میں چنوا دی گئیں ۔۔۔اور اب ہم صدیوں سے اپنی رہائی کے انتظار میں ہیں۔۔۔کہ کوئی آئے اور ہماری اس قید کو ختم کروا دے۔۔۔'میں تعجب سے ان کی باتیں سن رہی تھی جب وہ خاموش ہوئیں تو میں نے پوچھا۔'کیا تم سب نے مل کر کبھی اپنی رہائی کی خود بھی کوئی کوشش کی؟ ۔۔۔آخر تم سب یہاں کس کے انتظار میں ہو؟۔۔۔کیوں کہ جو انسان اپنی مدد آپ نہیں کرتا کوئی اور اُس کی مدد کیسے کر سکتا ہے۔۔۔'وہ حسرت سے بولیں 'تم ٹھیک کہتی ہو۔۔۔مگر ہم سب مجبور ہیں۔۔۔اور اسی لیے تم کو بلوایا گیا ہے کیوں کہ ہم جانتے ہیں کہ تمھارے ہاتھ ہمارے طرح خالی نہیں بلکہ اُن میں قلم کی صورت میں ایک طاقت ور ہتھیار ہے جو کسی بھی قوم کی قسمت بدلنے کی صلاحیت رکھتا ہے ۔تمھیں اب ہم سب کے لیے قلم اُٹھانا ہوگا تمھیں ہمارے حق کے لیے لڑنا ہوگا، ہمارے دُکھوں کو سب کے سامنے بیان کرنا ہوگا۔۔۔اور ہمیں اس زمین پر اپنے حق کے ساتھ اپنی مرضی سے جینے کا حق دلانا ہوگا۔۔۔ہمارے لیے اب تم ہی روشنی کی وُہ کرن ہو جو ہم جیسوں کو ایک زندہ روح و جسم والا انسان ثابت کرنے کا حوصلہ اور ہمت رکھتی ہو۔خدا کے لیے ہمیں معاشرے کے خود ساختہ غیرت مندوں کی بھینٹ چڑھنے سے روک لو ۔۔۔احتجاج کرو ۔۔۔دل سے ۔۔۔زبان سے۔۔۔ارادوں سے اور سب سے زیادہ قلم سے۔۔۔یہ سب تم کر سکتی ہوں۔۔۔تم ہی ہم سب کی آخری اُمید ہو۔۔۔'اُس کی بات پوری ہوتے ہی کمرے کی فضا احتجاج احتجاج کے نعروں سے گونج اُٹھی۔۔۔میں عجیب کشمکش میں مبتلا ہو چکی تھی میرے اعصاب تھک چکے تھے میں نے کمرے سے باہر چھلانگ لگائی۔۔۔میں ایک عجیب و غریب صورتِ حال کا شکار ہو چکی تھی میں ہر دروازے کو اس اُمید کے ساتھ کھولتی کہ مجھے باہر کا راستہ دکھائی دے گا مگر ہر بار ایک نئی صورتِ حال کا سامنا کرنا پڑ رہا تھا مجھ میں مزید جھٹکے سہنے کی سکت نہیں رہی تھی۔۔۔غم۔۔۔صدمے۔۔۔غصے۔۔۔بے بسی۔۔۔اور لاچاری کی کیفیات اب مجھ پر حاوی ہونے لگی تھی۔۔۔لیکن یہاں سے جلد از جلد نکل بھاگنے کی خواہش بھی اپنی جگہ موجود تھی ۔۔۔خود کو نیا حوصلہ دیتے ہوئے میں نے اگلے دروازے کی جانب رخ کیا اور سہمے سہمے قدموں سے اندر داخل ہوگئی۔۔۔

اندر داخل ہوتے ہی میری آنکھیں روشنی کی چکا چوند سے دھندلا گئی اور جب ذرا دیکھنے کے قابل ہوئی تو میں اور پریشان ہوگئی یہاں تو پہلے چار دروازوں سے زیادہ الگ اور مختلف صورت حال تھی۔۔۔ہر طرف رنگ و روشنیوں کا بسیرا تھا اور خوشبوؤں نے جیسے یہاں اپنا ڈیرا جمایا ہوا تھا۔۔۔چاروں طرف خوبصورت اور نازک سی تتلیوں جیسی گل بدن لڑکیاں بنی سنوری طبلے کی تھاپ پر ناچ رہی تھیں محفل اپنے عروج پر تھی۔۔۔میں حیران تھی کہ یہاں کس کو میری ضرورت ہے یہاں تو سب خوش باش لوگوں کا میلہ لگا ہوا ہے ابھی میں اپنی سوچوں میں ڈوبی ہوئی تھی کہ اچانک ایک آواز نے مجھے میرے نام سے پکارا میں نے پلٹ کر حیرت سے اُس سمت دیکھا۔۔۔آخر میرے نام سے مجھے پکارنے والا اس طلسم کدہ میں کون تھا؟۔۔۔میرے داہنی طرف ایک بوڑھی سی عورت ایک ٹوٹی پھوٹی چار پائی پر لیٹی تھی اور کراہ رہی تھی میں نے اُس کے قریب پہنچ کر پوچھا 'کیا آپ نے مجھے میرے نام سے پکارا ہے؟'۔۔۔ایک کمزور سی آواز آئی 'ہاں! میں نے ہی تمھیں پکارا ہے اور یہاں بھی میں نے ہی تمھیں بلایا ہے'۔۔۔میں نے کھوجتی نظروں سے اس کے چہرے کو دیکھتے ہوئے کہا 'مجھے! مگر میں تو آپ کو جانتی ہی نہیں۔۔۔پھر آپ مجھ سے کیا چاہتی ہیں؟'۔۔۔اُس کے لبوں پر ایک طنزیہ مسکراہٹ ابھری۔'ہاں تم مجھے نہیں جانتیں لیکن میں تمھیں اچھی طرح پہچانتی ہوں۔۔۔تمھارے نام اور تمھارے قلم کے چرچے اب زبان زدِ عام ہیں، کون ہے جو تمھیں نہیں جانتا۔۔۔تمھارے قلم کی سچائی نے تمام مظلوموں کو تمھارا گرویدہ بنا دیا ہے۔۔۔بس میں بھی تمھیں ایک تلخ حقیقت بتانا چاہتی ہوں۔۔'میں اب بھی اس کی بات سمجھنے سے قاصر تھی سو ہچکچاتے ہوئے پوچھا 'آپ کیا کہنا چاہتی ہیں ؟۔۔۔اور میں آپ کے لیے کیا کر سکتی ہوں؟'۔۔۔چند لمحوں کے لیے خاموشی چھا گئی شاید وہ ذہن میں لفظوں کو ترتیب دے رہی تھی یا سوچ رہی تھی کہ آغاز کہاں سے کرے اُس کے چہرے پر یہ دونوں کشمکش پڑھی جا سکتی تھی آخر وہ گویا ہوئی 'تم نے کمرے میں داخل ہو کر جو منظر دیکھا میں بھی کبھی اسی منظر کا ایک حصہ تھی۔۔۔میں کون ہوں کہاں سے آئی ہوں یہ مجھے کچھ نہیں معلوم۔۔۔ہاں جانتی ہوں تو بس اتنا کہ جب ہوش سنبھالا تو پاؤں میں گھنگرو دیکھے اور کانوں تک طبلے کی تھاپ پہنچتی رہی۔۔۔پھر میں بھی اس گناہ آلود زندگی کا حصہ بن گئی۔لڑکپن ختم ہوا

تو جوانی مصیبت بن گئی جس دن میری پہلی بولی لگی اُس کے بعد تو میں پھر اِس دلدل میں اور گہری اُترتی چلی گئی۔۔۔زندگی صرف ایک شخص کے نام کرنے اور گھر بسانے کا تصور بھی کبھی ہمارے قریب آتا تو ہمیں ایسی سزاؤں کا سامنا کرنا پڑتا کہ روح تک کانپ اُٹھتی۔۔۔اور جب دوسروں کی گندگی اپنے اندر اُتارتے اُتارتے ہمارے اپنے جسموں میں کیڑے پڑ گئے اور ہم جب کسی کام کے نہ رہے تو یہاں پہنچا دیئے گئے جہاں نہ کوئی پرسانِ حال ہے اور نہ فریاد سننے والا۔۔۔ہم نے اپنی پوری زندگی دوسروں کے رحم و کرم پر بسر کی۔۔۔جذبات۔۔۔احساسات۔۔۔محبت۔۔۔رشتے ناتے۔۔۔دوست۔۔۔احباب۔۔۔یہ سب باتیں ہماری زندگی میں کبھی نہیں آئیں۔۔۔ہمارے جسموں کی کمائی کھانے والوں نے ہم سے ہمارے جینے کا حق چھین لیا۔۔۔نہ ہم کسی کی بیٹی کہلائے نہ کسی کی بیوی بنے اور نہ ہی ہمارے قدموں کے نیچے جنت ہی آئی۔۔۔ہمیں سماج کے بھوکے بھیڑیوں کی خوراک کے طور پر استعمال کر کے دولت کمانے والوں کے خلاف اب تمھیں ہی قلم اُٹھانا ہے۔۔۔بولو کرو گی نا ہم سب کے لیے احتجاج۔۔۔'اور پھر پورا کمرہ ہی ایسی بے شمار آوازوں سے گونج اُٹھا جو احتجاج احتجاج کا نعرہ لگا رہی تھیں۔میں نے یہاں سے بھی بھاگ جانے میں ہی میں عافیت جانی اور باہر نکل آئی۔۔۔میں سر پکڑ کر بیٹھتی چلی گئی کہ اب کیا ہوگا ؟میں باہر کیسے نکل پاؤں گی؟۔میں پریشان ہو چکی تھی اب دو دروازے ہی باقی بچے تھے میں نے اپنی ساری طاقت کو استعمال کرتے ہوئے اپنے حواسوں کو یکجا کیا اور چھٹے دروازے کی جانب بڑھی۔۔۔

اندر کے گھٹے گھٹے ماحول کی وجہ سے میری سانسیں رکنے لگیں۔کمرے میں چاروں طرف زردی مائل روشنی پھیلی ہوئی تھی یہاں ہر طرف نقاب پوش خواتین اکڑوں حالت میں بیٹھی ہوئی نظر آ رہی تھیں سب ہی اپنی اپنی جگہ ساکت اور خاموش تھیں۔میں کچھ حیران بھی تھی اور کچھ پریشان بھی کہ الٰہی آخر یہاں کیا ماجرا ہے ابھی میں کچھ سمجھنے کی کوشش میں ہی تھی کہ اچانک ایک برقعہ پوش خاتون زمین پر گر کر تڑپنے لگی اور باقی سب اُس سے ڈر کر دور بھاگنے لگیں میں نے صورت حال کو دیکھتے ہوئے اُس خاتون کی مدد کا فیصلہ کیا۔اُس کے قریب پہنچ کر مجھے معلوم ہوا کہ وہ شدید بیمار تھی اُسے علاج کروانے کا مشورہ دینے پر وہ بولی کہ ہمارے علاقے میں عورتوں کو گھر سے باہر جانے اور کسی بھی طرح کے معاملے میں کسی نامحرم سے بات کرنے کی اجازت نہیں۔۔۔میں نے حیرت سے کہا مگر تم تو شدید بیمار ہو اور دنیا کا ہر مذہب انسان کو اپنی جان کی حفاظت کا پورا حق اور پورا اختیار دیتا ہے۔۔۔کون ہے وہ جو تم سے تمھاری یہ آزادی چھیننا چاہتے ہیں۔۔۔وہ بولی ایک میں ہی کیا یہاں موجود ہر برقعہ پوش عورت اسی ظلم کا شکار ہے ہم سب سے مذہب کے نام پر ہماری آزادی، ہمارے حقوق اور ہم سے زندگی کی ساری خوبصورتی کو چھیننے والے کوئی اور نہیں بلکہ ہمارے اپنے لوگ ہیں جو خود کو ہمارے وارث بتاتے ہیں اور اگر ہم میں سے کوئی اپنے حق کے لیے آواز بلند کرے تو اُس کا انجام نہ صرف بھیانک ہوتا ہے بلکہ وہ دوسروں کے لیے عبرتناک بھی ہوتا ہے۔۔۔ہم آج بھی انہی پرانی روایتوں میں بندھے ہوئے ہیں اور ابھی تک ہمارا کوئی پرسانِ حال نہیں۔۔۔ہم نے تمھیں اس لیے ہی یہاں بلوایا ہے تاکہ تم ہم سب کے بارے میں لکھ سکو اور ہمیں اس نام نہاد قید سے رہائی دلوا سکو تمھیں ہم سب کے لیے احتجاج کرنا ہوگا۔۔۔احتجاج احتجاج۔۔۔اور میں پھر وہاں سے بھاگ کھڑی ہوئی۔۔۔باہر آکر میں نے آخری دروازے کی جانب دیکھا کیوں کہ یہی میری اُمید کی آخری کرن تھا۔۔۔

میں نے آخری دروازہ کھول کر اندر قدم رکھا۔۔۔یہاں کوئی نہیں تھا ہر طرف خامشی کا راج تھا لیکن جو بات قابلِ غور تھی وہ یہ کہ یہاں چاروں جانب شیشے ہی شیشے لگے ہوئے تھے۔۔۔مجھے کچھ سمجھ نہیں آ رہا تھا کہ آخر یہ معاملہ کیا تھا میں نے ہمت کی اور ایک شیشے کے سامنے جا کھڑی ہوئی مگر یہ کیا میرا باقی جسم تو میرا ہی تھا مگر میرے چہرے کی جگہ ایک نوزائیدہ معصوم سی بچی کا چہرہ تھا۔۔۔مجھے یقین نہیں آیا میں گھبرا کر دوسرے شیشے کے سامنے جا کھڑی ہوئی مگر یہاں بھی جسم میرا تھا مگر چہرہ اُس خاتون کا تھا جو حالتِ دردِزہ میں مجھے ملی تھی میں نے خوف زدہ ہو کر ایک چیخ ماری اور پھر۔۔۔میری آنکھ کھل گئی۔۔۔میرا لکھا ہوا افسانہ میرے ہی آنسوؤں سے بھیگ چکا تھا۔۔۔میں نے ایک لمبا سانس لیا اور کافی گہری سوچ کے بعد فیصلہ کیا کہ مردوں کے اس معاشرے میں میرا احتجاج کہیں مجھے بھی کسی داستان میں نہ بدل دے۔۔۔اور کہیں اس عبرت کدہ میں آٹھویں دروازے کا اضافہ نہ ہو جائے۔۔۔میں نے ڈر کے مارے اپنا افسانہ اُٹھایا اور ڈسٹ بن میں ڈال دیا۔۔۔

رہائی

ڈاکٹر عمران مشتاق
(آسٹریلیا)

جینی کے لیے وہ ایک المیہ تھا۔ عُمر کے اٹھارہ سال ایک شخص کے ساتھ گُزارنے کے بعد اب وہ تہی دامن اور خالی ہاتھ کھڑی تھی۔ پیٹر سے طلاق کا خیال ہی تکلیف دہ تھا اور اب وہ اُس کی زندگی سے ہمیشہ کے لیے نِکل چُکا تھا۔ وہ تو ہاتھوں سے پھسلتی ریت ثابت ہوا تھا۔ دِل ابھی خون کے آنسو ہی رو رہا تھا کہ ماں کو دِل کے دورے نے ہسپتال تک پہنچا دیا۔ وہ سب کُچھ بھول بھال کر ممی کی خدمت میں لگ گئی۔ پاپا کو فوت ہوئے گیارہ سال گُزر چکے تھے اور ممی تب سے اکیلے ہی رہتی تھیں۔ ممی ہمیشہ اچھی صحت والی تندرست خاتون تھیں۔ عُمر بھی ابھی صِرف اڑسٹھ سال ہی تھی۔ ممی ہسپتال سے واپس آئیں تو وہ بھی وقتی طور پر اُن کے ساتھ ہی شفٹ ہو گئی۔ زندگی کی تلخی کو بُھلانے کا شاید اِس سے اچھا اور کوئی طریقہ نہ تھا۔ ممی کو نہ جانے کیا روگ لگ گیا تھا کہ اُن کی صحت بہتر ہی نہ ہو رہی تھی۔ ایسا محسوس ہوتا تھا جیسے اُنہیں جینے کی آس ہی نہ رہی ہو۔ جینی کے لیے وہ لمحات بے حد دشوار تھے۔ اب زندگی اُس سے کُچھ فیصلوں کی مُتقاضی تھی۔۔ وہ ممی کو ایسے ہی نہیں چھوڑ کر جا سکتی تھی۔ اُسے کُچھ عرصہ تو لگا مگر بلا آخر وہ فیصلہ کرنے میں کامیاب ہو ہی گئی۔ اُس نے اپنی ملازمت سے استعفیٰ دے دیا۔ پیٹر سے علیحدگی کے بعد اُن کا مشترکہ گھر اب ایک اسٹیٹ ایجنٹ کے ذریعے مارکیٹ میں تھا اور جیسے ہی وہ فروخت ہوتا تو جینی کو اُس کا حصہ مِل جاتا۔

ملازمت چھوڑنے کے بعد وہ اُس شہر سے بھی چلے جانا چاہتی تھی جہاں اُس نے اپنی شادی شدہ زندگی کے اٹھارہ سال گُزارے تھے۔ ممی کے ساتھ رہنے میں اُسے کئی فوائد نظر آئے اور سب سے بڑا فائدہ تو یہ ہی تھا کہ ماضی سے فرار کا موقعہ مِل رہا تھا۔

ممی کی طبعیت کو ٹھیک ہوتے ہوتے بھی تین ماہ لگ گئے۔ ممی نے جب اپنی روٹین کے مُطابق زندگی کو بِتانا شُروع کر دیا تو پھر اُس نے بھی اپنی زندگی میں تبدیلی لانا چاہی۔ پہلی ضرورت اور مصروفیت ملازمت تھی۔ وہ آسانی سے مِل گئی۔ وہ ٹرینڈ سیکرٹری تھی۔ ملازمت غنیمت تھی۔ تنخواہ پہلے والی ملازمت سے تو کم تھی البتہ کام آسان تھا اور پھر آفس ممی کے گھر سے زیادہ دور بھی نہیں تھا۔ اُس نے سوچا تو تھا کہ ملازمت کے بعد ایک کمرے کا فلیٹ لے کر الگ ہو جائے گی مگر ممی کی صحت کے مسئلے جب ”مسائل“ بننے لگے تو اُسے اپنے خیال سے دست بردار ہونا پڑا۔ وہ اپنی ممی سے محبت کرتی تھی۔ اُس کی ذاتی زندگی میں اب محبت کا خانہ خالی تھا۔ اُس کا خیال تھا کہ اِس حوالے سے وہ اپنی خوشیاں جی چُکی ہے۔ وہ رومن کیتھولک تھی اور بچپن سے مذہبی ماحول میں رہنے کی وجہ سے اُس کے خیالات کافی مذہبی تھے۔ پیٹر کے بعد کئی مردوں نے اُس کی زندگی میں داخل ہونا چاہا مگر اُس نے کِسی کو موقعہ نہیں دیا۔ مارٹن اُس کے ساتھ ہی کام کرتا تھا اور وہ جانتی تھی کہ وہ اُسے پسند کرتا ہے۔ وہ اُس کی پسندیدگی سے واقف ہوتے ہوئے بھی ناواقف ہی رہی۔ مارٹن ہار ماننے والا نہیں تھا۔ وہ دیکھ رہی تھی کہ آہستہ آہستہ وہ اُسے متاثر کرنے لگا تھا۔ وہ خوش گُفتار و خوش لباس تھا۔ عُمر بھی مناسب تھی اور دیکھنے میں بھی دِل کو بھلا لگتا تھا۔ کم سے کم جینی کا دِل تو اب یہ ہی کہنے لگا تھا۔ وہ دانستہ اُس کے التفات کو نظر انداز کرتے ہوئے ایک دِن اپنی خواہشوں سے مات کھا گئی۔ اُس دِن وہ گھر لیٹ پہنچی تھی اور ایک عرصے کے بعد اُس نے ممی سے جھوٹ بولا۔ وہ اندر ہی اندر خود سے بھی شرمندہ تھی کہ وہ اپنے ارمانوں پہ بند کیوں نہ باندھ سکی تھی اور کیوں مارٹن کے ساتھ جذبات میں بہہ گئی تھی۔ اب اُسے اندر ہی اندر کوئی چیز کاٹ رہی تھی۔ شرمندگی کا احساس نظریں اُٹھانے نہ دیتا تھا۔ یہ وہ کیا کر بیٹھی تھی؟ کیوں اپنی نفسانی خواہشات سے ہار گئی تھی؟

مارٹن سمجھاتا کہ ”ایسا ہونا فطرت کے مُطابق ہے۔ اُس نے وہ ہی کیا جو ساری دُنیا کر رہی ہے۔“ اُسے دُنیا سے کوئی سروکار نہ تھا۔ احساسِ گناہ دِل پہ سانپ کی طرح کُنڈلی مار کر بیٹھ گیا تھا اور ہر لمحے اپنا ڈنک اُس کی رگوں میں اُتارتا رہتا۔

اُن ہی دِنوں ممی کی طبعیت بہت خراب ہوئی تو تین دِن اُنہیں ہسپتال میں رہنا پڑا۔ ممی کافی کمزور ہو گئی تھیں۔ وہ اُن کے ساتھ مصروف ہوئی تو وقتی طور پر اُسے پریشان کُن سوچوں سے نجات مِل گئی۔ وہ جب ممی کی جانب دیکھتی تو اُسے محسوس ہوتا کہ ممی کی کھوجتی نظریں اُس کے تن بدن سے لپٹ رہی ہوں۔ وہ ممی کی نگاہوں سے خائف رہنے لگی تھی۔

”ممی ہمیشہ سے کہتی آئی ہیں کہ وہ میری سوچوں کو بھی پڑھ سکتی ہیں۔ تو کیا وہ یہ بھی جان گئی ہیں۔“ ممی نے کبھی کُچھ کہا نہیں اور وہ خود پوچھ کر اپنی مُشکلات میں اضافہ نہیں کرنا چاہتی تھی۔

ایک دِن ممی کی تیز نظریں اُس کے آر پار ہو رہی تھیں اور وہ خوامخواہ ہی نروس ہو رہی تھی۔ ممی نے اچانک پوچھا۔ ”یہ تُم آج کل کِن سوچوں میں گم رہتی ہو؟“

”کیا ممی جان گئی ہیں کہ میں نے شادی کے بغیر ہی ایک مرد سے۔۔۔۔۔“ ممی کے سوال نے ایک اور سوچ کو جنم دیا۔

اپنی طرف سے تو اُس نے ممی کو اطمینان دِلا دیا تھا کہ پریشانی کی کوئی بات نہیں۔ ممی نے جواباً کُچھ نہ کہا تو وہ سمجھی کہ وہ مُطمئن ہو گئی ہیں۔

ممی کے دِل کی حالت اب ایسی تھی کہ اُنہوں نے اپنی وصیت بنوا

لی تھی اوراپنے سبھی معاملات جینی پہ چھوڑ دیئے تھے۔ایک دِن تو وہ ممی کی بات سُن کر حیران ہی رہ گئی۔وہ کہہ رہی تھیں۔''جینی!تُم میری بہت اچھی بیٹی ہو۔میرا کتنا خیال رکھتی ہو۔تمہیں میرے کھانے پینے،سونے جاگنے،دواؤں کی ترتیب اور تمام دوسرے معاملات کی کتنی فکر رہتی ہے۔''اِس سے پہلے،انہوں نے کبھی بھی جینی کی ایسی تعریف نہ کی تھی۔

''اور اگر ممی کو پتہ چل جائے تو۔۔۔''اِس سے آگے وہ سوچنا بھی نہیں چاہتی تھی۔

مارٹن کئی دِنوں سے''دوبارہ''ملنے پہ اصرار کر رہا تھا۔وہ اپنے دِل کو سمجھاتی،اُسے نظرانداز کرتی رہی مگر کب تک؟ایک دِن پھر وہ اُس کی بانہوں میں تھی۔اِس بار ضمیر کی چبھن پہلے سے کم تھی مگر اتنی ضرور تھی کہ اُس کے اندر ہی اندر شرمندگی کی فصل اُگا دیتی۔اِس کا ایک حل تو یہ تھا کہ وہ شادی کر لیتی مگر مارٹن شادی شدہ تھا۔مارٹن اُسے سمجھا سمجھا کر تھک گیا تھا کہ اِس میں کوئی بُرائی نہیں کہ شادی کے بغیر بھی ہم ایک دوسرے سے محبت کر سکتے ہیں۔وہ سمجھتے ہوئے بھی اِسے گناہ ہی جانتی تھی۔یہ چیز اُس کی گھٹی میں پڑی ہوئی تھی۔ممی نے ہمیشہ مذہب کو ہر شے پہ فوقیت دِی تھی اور ثواب و گناہ کا نظریہ ایک بے حد غیر لچک دار عقیدے کی صورت اُس کے اندر دور تک جڑیں گاڑے بیٹھا تھا۔

ممی کی طبعیت کئی دِن سے ناساز چل رہی تھی۔وہ بھی اپنے دفتر نہ جا سکی تھی۔مارٹن سے بات چیت ہوتی رہتی تھی۔ایک رات دونوں نے ملنے کا پروگرام بنایا۔وہ ممی کو چھوڑ کر نہیں جا سکتی تھی۔اِس لیے پلان یہ ہی بنا کہ مارٹن آدھی رات کے بعد جب ممی سو جائیں گی تو آئے گا اور وہ چُپکے سے اُسے گھر کے اندر بُلا لے گی۔اُس دِن اُسے لگا کہ جوانی کے دِن لوٹ آئے ہوں۔پھر ایسا ہی کیا گیا۔ممی سو چُکی تھیں اور وہ مارٹن کی بانہوں میں بکھری پڑی تھی۔

جب وہ مارٹن کے ساتھ ہوتی تو گناہ کا احساس زیادہ نہ ستاتا تھا۔وہ جاتے جاتے اُس کا سکون بھی جیسے ساتھ ہی لے جاتا۔کئی دِن اُسے اپنے اندر کی عورت سے لڑتے ہوئے گُزر جاتے۔گناہ کا احساس روح کو پیس ڈالتا اور ہر وقت اُس کے وجود کو جہنم کی آگ میں جلائے رکھتا۔وہ ابھی انہی سوچوں میں گھری ہوئی تھی کہ مارٹن نے دوبارہ اُسے بانہوں کی زنجیر پہنا دِی۔وہ اُس کی جانب دیکھ کر دل کش انداز میں مُسکرائی اور وہ خوشی کے عالم میں اُس پہ جُھک گیا۔وہ شاید ابھی مزید آگے بڑھتے مگر اچانک ِکسی آواز نے اُسے چونکا دیا۔وہ تڑپ کر مارٹن کی آغوش سے الگ ہوئی مگر اُسے دیر ہو چُکی تھی۔اُس کے کمرے کا دروازہ کُھلا ہوا تھا اور مدھم روشنی میں وہ ممی کو دروازے کو ایک ہاتھ سے تھامے کھڑے ہوئے دیکھ سکتی تھی۔وہ تو ممی کو دیکھ کر پتھر کی ہو گئی تھی۔ممی کی ساکت نگاہیں ایک نقطے پہ ٹِک گئی تھیں۔وہ اُس کی جانب نہیں دیکھ رہی تھیں۔نہ جانے وہ کہاں دیکھ رہی تھیں۔نہ جانے کتنے بوجھل پل،وقت کی لگام کو تھام کر ٹھہر سے گئے تھے۔

''اچھا میں چلتا ہوں۔''ایک منمناتی ہوئی،سہمی سی آواز نے پتھر کو اپنی جگہ سے سرکایا۔مارٹن اُس سے دور،اُس کی ماں سے قریب ہوتے ہوئے،دروازے کے فریم میں ایک لمحے کو نظر آیا اور پھر یوں نظروں سے اوجھل ہوا جیسے کبھی تھا ہی نہیں۔

''یہ شخص قابلِ اعتبار نہیں۔جو عورت کو ایسی حالت میں بزدلی کے عالم میں چھوڑ کر فرار ہو جائے وہ کیسے ایک سچا مرد ہو سکتا ہے؟''ممی نے مارٹن کے جانے کے بعد پہلا جملہ کہا تو اُس کی ساری حسیات سمٹ کر اُس کے چہرے کو زندگی دے گئیں۔

''ممی! آئی ایم سوری(مُجھے افسوس ہے)۔''اُسے کُچھ تو کہنا تھا۔وہ بیڈ کی چادر کو کھینچ کر ستر پوشی کا فوری اہتمام کر چُکی تھی۔

''تُم تو میری اتنی اچھی بیٹی ہو۔''ممی نے کئی دِن پہلے کی کہی ہوئی بات کو دُہرایا تو شرمندگی سے اُس کا سر سینے سے آلگا۔

''تُم نے میرا بے حد خیال رکھا۔''ممی کہہ رہی تھیں۔''تُم نے کبھی یہ نہیں پوچھا کہ تمہارے پاپا کے بعد میں کیسی زندگی گزار رہی ہوں۔اُن کو گئے ہوئے گیارہ سال ہو گئے۔اُن جیسا کوئی سچا مرد کوشش کے باوجود ملا نہیں ورنہ میں۔۔۔''اُن کی آواز جیسے ِکسی گہرے کنوئیں میں ڈوب گئی۔

پل بھر کے توقف کے بعد وہ پھر بولیں۔''اگر کوئی سچا مرد ملے تو پھر سوچنا نہیں اور نہ ہی پیچھے مُڑ کر دیکھنا ورنہ زندگی پچھتاوا بن کر رہ جاتی ہے۔''

بدن کے گرد لپٹی ہوئی چادر اُس کے ہاتھوں سے چھوٹ گئی مگر اُسے اِس بات کا ہوش کہاں تھا۔وہ اُس کی گناہ کے بوجھ تلے دبی روح کو رہائی دے کر جا چُکی تھیں۔

''وقت تتلی تھا''

عذرا اصغر
(کراچی)

وہ بہت رغبت اور انہاک سے کھانے میں مصروف تھی۔

بے دھیانی سے گزرتے ہوئے چتنکبری کی نظر اس پر پڑی۔ وہ ٹھٹھک کر کھڑی ہوگئی اور توجہ سے بھوری کو دیکھنے لگی۔

فربہ ہوکر خاصی خوبصورت نکل آئی تھی۔

یقیناً کوئی خاص کھانا ہے۔ تبھی تو پلیٹ میں ہے''۔ چتنکبری نے سوچا اور پھر دیوار سے کود کر نیچے اتر آئی۔

بھوری اتنی دیر میں چاٹ کر پلیٹ صاف کر چکی تھی۔ چتنکبری کو دیکھ کر اپنے ہونٹوں پر زبان پھیرتے ہوئے بولی۔

''بڑے دن بعد نظر آئی ہو؟ کہاں رہیں اتنے دن۔ کیا کہیں دور چلی گئیں تھیں؟''

''ہاں، بس! کچھ زیادہ دور تو نہیں تھی مگر پیٹ کی آگ سے مجبور ہو کر گھر گھر جھانکنا پڑتا ہے نا؟''

چتنکبری نے ایسی حسرت سے کہا کہ بھوری کو اس پر بڑا ترس آیا۔

''تم بہت لاغر ہو رہی ہو۔'' وہ بولی

''چار بچے پیدا کر کے آ رہی ہوں'' چتنکبری نے ایسے کہا جیسے وہ کوئی بڑا معرکہ سر کر کے آ رہی ہو۔

''کہاں چھوڑا انہیں؟'' بھوری نے جیسے معلومات حاصل کرنا چاہیں۔

''وہیں۔ اسی علاقے میں ہیں'' چتنکبری نے ایک آہ سی بھری۔

''مگر جہاں تمہیں کچھ نہ مل سکا انہیں کیا ملے گا؟'' ''تم کتنی کمزور ہوگئی ہو؟'' بھوری فکرمندی سے بولی۔

''اب میں کیا کروں؟'' چتنکبری نے تنک کر کہا ''اپنا کچھ نہ کچھ بندوبست کر ہی لینگے''

''بہت چھوٹے ہیں نا ابھی'' بھوری نے کہا۔

''ان سے پہلے بھی تو ہیں دسیوں۔ جانے کہاں کہاں ہونگے میں کس کس کی خبر رکھتی پھروں'' چتنکبری نے اکتاہٹ بھرے لہجے میں کہا۔

''مگر تمہیں اب بچے پیدا کرنے نہیں چاہیے تھے'' بھوری نے قدرے ناراضی سے کہا۔

''دیکھو نہ ہماری نسل پھیلتی جا رہی ہے۔ اور آدم زاد میں اتنی ہی خصاصت بڑھ گئی ہے۔ مجال ہے کہ کبھی کچھ کھانے کو پیٹ بھر دے دیں۔ ایک آدھا سوکھا ٹکڑا بھی ایسے پھینکتے ہیں جیسے پتہ نہیں سخاوت کا قلعہ ڈھا دیا ہو۔''

''کہہ تو رہی ہو تم ٹھیک۔ مگر مجھے تو لگتا ہے کہ تم بہت فربے میں ہو اور آسودہ زندگی گزار رہی ہو۔'' چتنکبری کے لہجے میں رشک نمایاں تھا۔

''ہاں یہ صحیح ہے مگر مت پوچھو کہ کتنی جدوجہد سے یہ جگہ ملی ہے مجھے'' بھوری مسکرائی۔

''ہاں میں دیکھ رہی ہوں تمہیں تو باقاعدہ پلیٹ میں کھانا ملتا ہے۔ ریڈی میڈ ہے شاید؟''

''ڈبے کا ہے'' بھوری نے مختصراً کہا۔

''تبھی تو تمہاری صحت اتنی اچھی ہو رہی ہے'' چتنکبری للچا کر بولی۔

''تمہیں پتہ ہے نا چتنکبری اس گھر کی مالکا نے کالی کو پالا ہوا تھا۔ کالی ماں سے ولائتی اور باپ سے دیسی تھی اس لیے اس کا مزاج ہم سے کچھ مختلف تھا۔ گھر گھر جھانکتی نہیں پھرتی تھی۔ کہنے کو تو وہ مالکوں کی پالتو تھی مگر کھانے کو بس بچا کھچا ہی کچھ ملتا تھا۔ گھر کے اندر وہ کالی کو گھسنے نہیں دیتے تھے۔ باہر ہی ڈال ڈول جاتے تھے۔ اسی میں سے ہم بھی چھینا جھپٹی کر لیتے تھے۔ بس کچھ پیٹ بھرتا کچھ نہ بھرتا۔ اوپر سے بلّے دیواریں کود کے بچاری کالی پر جھپٹتے۔ بچے پیدا کرانے کے علاوہ انہیں کچھ آتا ہی نہیں۔ کالی بچاری بیمار رہنے لگی تھی۔ پھر اللہ کا کرنا ایسا ہوا کہ نیچے پڑے خالی گھر میں کرایہ دار آ بسے۔ بڑے بھلے مانس لوگ ہیں۔ ان کے ساتھ ایک غیر ملکی بلّا بھی تھا۔ میں تو اسے دیکھ کے دنگ رہ گئی۔ ایسا حسین، وجیہہ، چمکدار آنکھیں، گچھے دار دم اور سفید چٹا۔ جیسے دودھ میدہ یا روئی کا گالا۔ اللہ! ایسا لاڈلہ ہے یعنی ان لوگوں کا کہ کیا بتاؤں تجھے چتنکبری۔ خود جیسے مرضی گزارہ کریں مگر لغچی کے لیے روز کھانے کا بند ڈبہ آتا ہے۔ کبھی بسکٹ، کبھی کلیجی اور کبھی کچھ اور۔ اس پر بھی لغچی کا ایسا نخرہ ہے کہ چند منٹ بھی کھانا پلیٹ میں پڑا رہے تو کیا مجال کہ وہ منہ لگا لے۔ مائیکرو اون میں گرم کر کے تازہ کھانا مالکان چمچ سے کھلائیں تو کھائے گا۔ ترکی نسل کا ہے۔ میں تو چتنکبری اس پر عاشق ہوگئی ہوں۔ چال بھی اس کی ایسی متوالی کہ بس دیکھتے رہو۔ تو دیکھے گی تو تُو بھی مر مٹے گی سچ۔''

''یہ بتا کچھ راہ و رسم بھی ہوئی تیری؟ کوئی میل ملاپ۔۔۔؟'' چتنکبری نے شرارت سے بھوری کو آنکھ ماری۔

''ارے توبہ کر۔ ایسا نٹ کھٹ کنھیا ہے ہم دیسیوں کو تو خاطر میں ہی نہیں لاتا وہ یا اس میں شاید وہ مردانہ حسن ہے ہی نہیں یا مالکان نے ختم کرا دی ہے۔ تبھی تو بس ٹکر ٹکر بیٹھا دیکھتا رہتا ہے مجھے ورنہ دل تو میرا بھی بڑا مچلتا ہے اس کے لیے'' بھوری نے گہری اداسی سے کہا تو چتنکبری ہمدردی سے بولی۔

''یہ بتا یہ سب تجھے کیسے پتہ چلا؟ اتنی اندر کی بات۔ تُو اس سے کچھ

بچے پیدا کرلیتی تو ہماری نسل بھی سنور جاتی۔مگر خیر۔'' چتنکبری نے تجسس کیا۔

''اری میں کچن کی جالی سے اس طرف لگی جو بیٹھی رہتی ہوں۔ باتیں سنتی رہتی ہوں۔جب لغّی کھانا نہیں کھاتا یا پلیٹ میں کافی سا چھوڑ دیتا ہے تو اس کا وہ کھانا مالکان باہر میری پلیٹ میں ڈال دیتے ہیں۔چتنکبری! تجھے کیا بتاؤں کیا مزے کا ذائقہ دار کھانا ہوتا ہے۔سچ پوچھے تو اب چچوڑی ہوئی ہڈیاں اور روٹی کے سوکھے ٹکڑے میرے حلق سے نیچے اترتے ہی نہیں۔''

بھوری نے گھمنڈ سے کہا۔

''بڑی خوش قسمت ہے تُو'' چتنکبری نے آہ کھینچی۔''مگر کیا کوئی اور برادری کا ادھر نہیں آتا؟''

''یہ گھر کا پچھلا حصہ ہے نا اور ادھر پیچھے بھی کوئی گھر نہیں ہے۔کبھی کوئی آ بھی نکلا تو لغّی کی غراہٹ سے ڈر کر بھاگ گیا یا میں نے مار بھگایا۔مجھ سے پہلے اس جگہ پر کالی قابض تھی۔اس سے میرا بہناپا تھا وہ بیمار رہتی تھی بہت تھوڑا کھاتی تھی۔اس کا بچا ہوا میرے حصے میں آ جاتا تھا۔اس بیماری کی حالت میں بھی بچاری بچّے جنے جاتی تھی۔بلّے بہت تنگ کرتے تھے اسے۔وہ ٹھہری ایک نازک مزاج۔لغّی کے مالکوں نے اسے ڈاکٹر کو دکھایا۔علاج کرایا پھر اپنے کسی دوست کو تحفے میں دیدیا۔مگر کالی کا دل نہیں لگا وہاں سے بھاگ آئی اور آخرکار مرگئی بچاری۔چار بچے جنے تھے اُس نے۔''

''اوہو۔۔۔'' چتنکبری نے ملال سے آواز نکالی۔

''مگر یہ جو لغّی ہے نا۔۔۔بہت لگتا تھا کالی سے۔کچھ حاسد بھی ہے اور مغرور تو بہت ہے۔مجھ پر بھی کبھی غرّانے لگتا ہے۔حالانکہ میں کبھی کچن کے اندر داخل نہیں ہوئی۔جالی کے ادھر ہی بیٹھ کر کھا پی لیتی ہوں۔یہ کیا کم ہے کہ اچھی اور پیٹ بھر غذا مل تو جاتی ہے۔شکر ہے خدا کا۔'' بھوری چپ ہوئی تو چتنکبری نے کہا۔

''واقعی بھوری! تو ایک دو بچے پیدا کرلیتی لغّی سے تو۔۔۔''

بھوری نے اس کی بات کاٹ کر کہا۔

''اری توبہ کر چتنکبری۔لغّی کو تو نے دیکھا نہیں۔کیسا غرور ہے اسے اپنی نسلی برتری کا۔مگر لگتا ہے وہ مجھے پسند ضرور کرتا ہے'' بھوری نے پریقین انداز میں کہا۔

''کیسے پتہ چلا تجھے؟'' چتنکبری نے بےیقینی سے پوچھا۔

''ایک دن میں کلوا کے ساتھ اٹھکیلیاں کر رہی تھی۔موسم بھی رومینٹک سا ہو رہا تھا۔میری اپنی طبیعت بھی کچھ مائل تھی۔اور کلوا تو۔۔۔توبہ ہے بھئی۔پوری طرح مستی میں تھا مگر میں اسے مسلسل طرح دے رہی تھی۔اتنے میں لغّی اندر سے نکل آیا۔بس! کلوا کو دیکھتے ہی جیسے اس کے تن بدن میں تو آگ بھڑک اٹھی۔غرّا کے کلوا پہ جھپٹا۔کلوا بھی اس پر حملہ آور ہوگیا۔دونوں ایک دوسرے کو نوچ کھسوٹ رہے تھے۔گالیاں بک رہے تھے۔وہ خی خاں مچی ہوئی تھی کہ توبہ بھلی۔میں انہیں چھڑانے کے لیے کبھی ایک کو پکڑتی کبھی دوسرے کو مگر وہ تو دونوں بھپرے ہوئے تھے۔پریشان ہو کر میں بھی مدد کے لئے چلانے لگی۔ہماری آوازیں سن کر لغّی کا مالک باہر نکل آیا اور اس نے لغّی کو کلوا کے خونخوار پنجوں سے بچانے کے لیے یکدم اپنے ہاتھوں میں بھر لیا مگر لغّی اتنے غصّے اور جنون میں تھا کہ اس نے اپنے مالک کے ہاتھوں کو بےدردی سے بھنبھوڑ ڈالا۔لہولہان ہوگیا بچارا۔لغّی کو تو اندر چھوڑا اور خود ہسپتال چلا گیا۔کئی دن غریب کے ہاتھوں پر پٹیاں بندھی رہیں۔خود بھی دو تین چپ چپ رہا جیسے پشیمان ہو رہا ہو''۔

''افو! ایسا جنونی ہے لغّی؟ اور یہ سب اس نے تیری چاہت میں کیا؟'' چتنکبری نے افسوس کیا۔

''پتہ نہیں'' بھوری تاسف سے بھولی۔''چاہت کا اظہار کبھی کیا تو نہیں۔البتہ کبھی کبھی جالی کے اُدھر آ کر بیٹھ رہتا ہے اور بس چپ چاپ مجھے دیکھتا رہتا ہے۔''

''لیکن اگر چاہتا نہ ہوتا تو کلوا پر کیوں جھپٹتا؟'' چتنکبری نے قیاس آرائی کی۔

''چتنکبری! سچ پوچھے تو مجھے تو محبت کا پتہ ہی نہیں کیسی ہوتی ہے تو خود سوچ! ہمیں تو بس ہر جگہ دھتکار اور پھٹکار ہی ملی ہے سدا۔عیش تو ان غیر ملکیوں کے ہیں۔ایسے ٹھاٹھ سے رہتے ہیں جیسے کہیں کے نواب ہوں۔گدّے دار بستر، صاف پانی، اعلیٰ درجے کا کھانا، سیر تفریح، علاج معالجہ اور گودوں میں اٹھے پھرنا۔ایک ہم ہیں کہ روٹی کے ایک ٹکڑے کے لیے در در جھانکنا پڑتا ہے۔پھر بھی کسی کو ترس آ گیا تو چچوڑی ہوئی ہڈیاں ہمارے آگے پھینک دیں۔ریزہ ریزہ بوٹی بچی ہوئی ورنہ ہشت ہشت کر کے بھگا دیا۔سچ چتنکبری مجھے تو اپنی اس ہتک پر رونا آتا ہے۔'' بھوری کا گلا رندھ سا گیا۔چتنکبری نے اسے دلاسہ دیا۔

''چل بھوری دل چھوٹا نہ کر۔شکر کر کہ تجھے تو کچھ لوگ مل گئے ہیں''

پھر بولی ''لے تو اب میں چلتی ہوں۔رب راکھا''

''اچھا خدا حافظ چتنکبری۔مجھے افسوس ہے میں تیری خاطر نہیں کر سکی۔تھوڑی دیر پہلے آجاتی تو مل جل کر کھا لیتے۔خیر! پھر بھی آنا کبھی''

چتنکبری نے چھلانگ لگائی اور دیوار پر چڑھ گئی۔بھوری نے اسے نحیف قدموں چلتے دیکھا اور آنکھیں موند کے چنبیلی کی جڑ میں سکڑ کر لیٹ گئی۔

پھر موسم بدلے۔دن اپنی مخصوص رفتار سے گزرتے چلے گئے۔لغّی کے مالکان نے گھر بدل لیا اور کہیں اور چلے گئے۔لغّی کو وہ گاڑی میں بٹھا کر اپنے ساتھ لے گئے۔کچن کے دروازے کے باہر جالی کے سامنے خالی پلیٹ پر مکھیاں بھنکتی رہیں اور پھر وہ بھی اڑ گئیں۔بھوری سارا سارا دن بند دروازے کے سامنے امید و بیم کے سہارے اکیلی بیٹھی رہی۔بھوک سے نڈھال ہوتی تو کسی چوہے کا شکار کر لیتی اور اس کے بلبلے، لجلجے گوشت کو اُگل نگل لیتی۔لغّی کو یاد کر کے اس کی آنکھیں بھیگ جاتیں اور پھر گردن ہنوڑا کے پڑ رہتی۔یونہی ایک دن چتنکبری کا

گزرا دھر سے ہوا تو وہ گھر کی ویرانی اور بھوری کی حالت دیکھ کر دہل گئی۔ دیوار سے کود کر نیچے آئی۔ بھوری نے مُندی مُندی آنکھوں سے اسے دیکھا اور گردن ہنوڑالی۔ چتنکبری آناً فاناً سارا معاملہ سمجھ گئی۔ بھوری کے پاس بیٹھ کے رسان سے بولی۔

''چل اٹھ بھوری! کب تک یوں پڑی رہے گی۔ کہیں اور چل کے قسمت آزماتے ہیں۔ اللہ کی زمین بہت بڑی ہے اور رزق کا ذمہ اس نے لیا ہے۔ کہیں نہ کہیں تو ہمارا دانا پانی لکھا گیا ہوگا نا''

''ہاں یہ بات تو خیر ہے مگر چتنکبری میں اسی گھر میں پیدا ہوئی یا یوں کہو کہ آخری آنکھ میں نے اسی گھر میں کھولی۔ یہاں سے اب کہاں جاؤں؟ یوں بھی ہماری فطرت کے خلاف ہے یہ بات۔'' بھوری نے آنکھیں کھولیں اور سلسلۂ کلام جاری رکھا۔

''دیکھ چتنکبری! روٹی تو بیشک مل ہی جائے گی جیسی تیسی بھی ہو مگر وہ لغنی۔۔۔اری اس کی خوشبو ہے اس گھر میں''

''اری چھوڑ پگلی! ذرا سوچ کبھی کسی نے ہمارے ساتھ وفا کی ہے جو تُو لغنی کی یاد کو سینے سے لگائے یہاں پڑی ہے۔ کیا کبھی یہاں آئے گا تجھے ملنے؟ باولی نہ بن۔ کب تک پڑی رہے گی اس ڈھنڈار گھر میں بھوکی پیاسی۔ اس زمانے میں سب روائتیں بدل گئی ہیں۔ ہماری مائیں بھی ہمیں سات گھر اسی لیے جھنکواتی ہیں۔ چل اٹھ کھڑی ہو۔۔۔ چتنکبری نے ناصحانہ انداز میں کہا تو بھوری اٹھ کھڑی ہوئی۔ حسرت سے اس نے گھر پر نظر ڈالی۔ ایک طویل انگڑائی لی اور پھر وہ دونوں درختوں سے جھڑے سوکھے پتوں اور دھول مٹی سے اَٹے راستے پر بے آواز قدموں سے چلتی ہوئی اس خواب نگر سے باہر نکل آئیں۔

دھوپ اونچے گھروں کی منڈیروں سے نیچے اتر آئی تھی اور دن نکھر انکھر اسا تھا۔۔۔!

آسمان کا تھوکا

ناصر بغدادی

(کراچی)

اُس طوفانی رات میں جب کہ موسلا دھار بارش نے ہر طرف طوفان برپا کر رکھا تھا، قد آور، مضبوط درختوں کے تنے ہواؤں کے خوفناک جھکڑ کھا کر جڑوں کی گرفت سے آزاد ہونے کے لیے بے چین ہو رہے تھے، احمد میاں نے جب اُس ننھی سی جان کو اپنے جذبات کی حرارت سے معمور سینے سے چمٹائے ہوئے گھر کی دہلیز پر قدم رکھا تو اُن کا دل کسی تیز رفتار پنکھے کی طرح چل رہا تھا۔ ایک لمحے کے لیے انہوں نے سانسوں کے توازن کو برقرار رکھنے کی کوشش کی، اور پھر سڑک پر پھیلے ہوئے دبیز اندھیروں کے اُس پار کسی چیز کو تلاش کرتے ہوئے اس جاندار شے کے سر پر پیار سے اپنا بارش میں بھیگا ہوا ہاتھ پھیرا۔ اردگرد کے گھٹا ٹوپ اندھیاروں سے بے خبر، وہ چھوئی موئی کے پودے کی مانند ننھی سی جان نیند کے مزے لوٹنے میں مصروف تھی۔ خیالات اُن کے ذہن میں ہنگامہ برپا کر رہے تھے۔ وہ یہ بھول گئی کہ اس وقت فضا کا چہرہ بارش کی تیز بوچھاڑ سے بھیگ چکا ہے۔ طوفانی بارش کے شور سے بڑی بڑی عمارتوں کی بنیادیں ہل رہی ہیں۔ وہ اُس وقت چونک اُٹھے جب بچّی نے ہلکی سی آواز کے ساتھ اپنی بڑی بڑی آنکھیں کھول دی تھیں۔ انہوں نے اس کے گرد اچھی طرح کمبل لپیٹ دیا اور دھڑکتے دل کے ساتھ دروازے پر دستک دی۔

دروازہ دوسرے ہی لمحے کھل گیا جیسے کوئی شدت سے اس دستک کا انتظار کر رہا تھا۔ اور پھر انہوں نے ٹارچ کی دھندلی اور پُر اسرار روشنی میں بیگم کے چہرے پر غضب ناکی کو تلملاتے ہوئے دیکھا۔ اُس نے بڑی سختی سے اپنا نچلا ہونٹ اس طرح دانتوں میں دبا رکھا تھا جیسے وہ ضبط کا بودا سا دامن ہو جس کو وہ کسی طرح چھوڑنے پر تیار نہ ہو۔ اُس کی دو آنکھیں پلکیں جھپکائے بغیر احمد میاں کے سینے کے اُبھرے ہوئے حصّے پر جمی ہوئی تھیں۔ اور عین اسی لمحے بچّی نے زوروں سے رونا شروع کر دیا۔ احمد میاں کا جسم ہلکے سے کانپا۔ ایک بم سا اُن کے دل میں پھٹا۔ اُس وقت بیگم کی آنکھوں میں بدترین نفرت کا افعی بل کھا رہا تھا۔ اُس کے لب پھڑ پھڑائے مگر آواز نہ نکلی۔ اس نے آہستہ سے احمد میاں کو اندر آنے کا راستہ دے دیا۔ وہ سر جھکائے، شکستہ احساسات لئے گھر میں داخل ہوئے۔ دھواں دار بارش کی وجہ سے بجلی بھی آف ہو گئی تھی۔ گھر کا ہر حصّہ اُن کے دل کی طرح تاریک اور ویران معلوم ہو رہا تھا۔ بیٹھک میں کارنس پر ایک موم بتی آنسو بہاتے ہوئے دھیرے دھیرے جل رہی تھی۔ انہوں نے آہستہ سے بچی کو ایک صوفے پر ڈال دیا۔ اب وہ پھر خاموش ہو گئی تھی لیکن اس کی متجسس نگاہیں اس اجنبی ماحول میں نہ جانے کس کو تلاش کر رہی تھیں۔ بیگم نے ٹارچ کی روشنی میں بغور اس بچی کا جائزہ لیا اور ایک طویل سانس کھینچ کر رہ گئی۔ اب وہ احمد میاں کو تیکھی نظروں سے دیکھ رہی تھی۔

"تو یہ ہے تمہارے گناہوں کا ثمرہ!!" بیگم کی آواز میں جیسے دنیا جہاں کے زہروں کی آمیزش تھی۔

"بیگم!" احمد میاں نے بڑی مشکل سے تھوک نگلا اور بے بسی کے عالم میں اپنا سر جھکا لیا۔ وہ اس طرح سہمے ہوئے تھے جیسے اُن کے روبرو بیٹھی ہوئی عورت میں وہ طاغوتی قوتیں پنہاں تھیں جن کی ہلکی سی حرکت اُن کے کنگرۂ ہستی کو تہس نہس کر سکتی تھیں۔

"آگے کہو نا؟ اب شرمانے کی کیا ضرورت؟ شرم و حیا تو تم نے اُسی وقت بیچ کھائی تھی جب وہ جھڑوس عورت۔۔۔؟"

"بیگم خدا کے لیے۔۔۔" احمد میاں کی آنکھوں میں آنسو آ گئے۔ انہوں نے عاجزی سے اپنی بیگم کو دیکھا۔ اُن کا انداز بتا رہا تھا کہ وہ نروس بریک ڈاؤن کے مرحلے میں داخل ہو چکے ہیں۔ بیگم کی خونخوار آنکھوں میں ایک لحظے کے لیے رحم کی ہلکی سی کرن جاگی مگر دوسرے ہی لمحے وہ پھر ایک زخمی شیرنی بن چکی تھی۔

"خدا کا پاک نام اپنی ناپاک زبان پر مت لاؤ" لہجہ کیا تھا غرّاہٹ تھی۔ "جس دن تم نے مجھ سے وہ بات کہی تھی، میں نے اُسی وقت تمہیں معاف کر دیا تھا۔ مگر یاد رکھو، یہ زخم بہت گہرا ہے۔ وقت کے پاس اس کا مرہم نہیں" وہ ایک لمحے کے لیے رکی۔ "میں نے کبھی نہیں سوچا تھا کہ تم اس قدر بھی گر سکتے ہو۔ اگر میں شریف زادی نہ ہوتی تو شاید تم سے کہتی کہ مجھے طلاق دے دو" اس کے آگے وہ اور کچھ نہ کہہ سکی۔ اُس کی آواز بھرّا گئی اور پھر دوسرے ہی لمحے عورت کی حقیقی فطرت کا سچا نمونہ سامنے تھا۔ سارا غصّہ آنسوؤں کی شکل اختیار کر کے آنکھوں کے راہ سے بہنے لگا۔ وہ نہ جانے کب تک روتی رہی۔ احمد میاں کی آنکھوں میں اندھیروں کے بادل تیر رہے تھے۔ وہ سر کو دونوں ہاتھوں سے تھامے اپنے ذہن کو پریشان خیالات کے بھنور میں گھومتا دیکھ رہے تھے۔۔۔ اور وہ معصوم جان۔۔۔ کچھ دیر تک وہ زندگی کے اسٹیج پر کھیلا جانے والا یہ ڈرامہ دیکھتی رہی لیکن جب کچھ سمجھ میں نہ آیا تو وہ بھی زور زور سے رونے لگی۔ اس کی آواز سن کر احمد میاں کے خیالات بکھر گئے۔ بیگم کے آنسو تھم گئے۔ اُس نے اُٹھ کر بچی کو اپنی گود میں لے لیا۔

"کلموہی۔ چپ ہو جا" اُس کی ڈانٹ ڈپٹ نے بچی کو سہما دیا۔ کچھ دیر تک جیسے اردگرد کی ہر شے پر موت کی خاموشی مسلط ہو گئی۔ بیگم کچھ دیر تک اپنے ہی خیالوں میں ڈوبی رہی پھر بادلِ نخواستہ بچی کو گود میں بھر کر برابر کے کمرے میں چلی گئی۔ یہاں پنگوڑے میں چند ہفتوں کی ایک ننھی منی بچّی

خوابوں کے جزیرے میں کھوئی ہوئی تھی۔اس کے پتلے پتلے ہونٹوں پر نازک مسکراہٹ براجمان تھی۔بیگم نے باری باری دونوں کو دیکھا،اور پھر جیسے اُس کے چہرے پر ناگواری کے اثرات ابھر آئے۔وہ حرام زادی تو اس کی بیٹی سے بہت خوب صورت تھی۔اُس کا جی چاہا کہ اس منحوس کو فرش پر پٹک دے مگر نہ جانے کیا سوچ کر اُس نے بچی کو پنگورے میں سوئی اپنی بیٹی کے برابر ہی لٹا دیا۔اور تب اُسے محسوس ہوا کہ جیسے چاند میں گہن پڑ گیا ہو۔اب اُس کا وہاں کھڑا ہونا دوبھر ہو گیا تھا۔پیر پٹکتے ہوئے وہ بیٹھک میں آ گئی۔یہاں احمد میاں اُسی انداز میں بیٹھے ہوئے تھے جس انداز میں وہ اُن کو چھوڑ کر گئی تھی۔

''میں اس عورت کے متعلق کچھ جاننا چاہتی ہوں'' بیگم کی بات پر احمد میاں نے مستفسرانہ نگاہوں سے اُس کو دیکھا۔

''وہ کس خاندان سے۔۔۔'' وہ رک گئی۔احمد میاں سمجھ گئے مگر وہ کچھ کہتے ہوئے ہچکچانے لگے۔ان کا چہرہ کشمکش کی آماجگاہ بن گیا۔

''یہ تو میں نہیں جانتا مگر وہ گھروں میں کام کرتی تھی''

''ہوں!'' بیگم نے پُر خیال انداز میں سر ہلایا۔''ماشاءاللہ کیا پسند ہے'' وہ چند لمحوں کے لیے رکی ''اس لونڈیا کو دیکھ کر تو یہی کہہ سکتی ہوں کہ وہ بھی بہت خوب صورت تھی''۔احمد میاں نے اثبات میں گردن ہلا دی۔

''بچی پیدا ہونے کے کتنے دنوں بعد وہ مری؟''

''چند روز بعد۔۔۔'' احمد میاں نے بڑی تکلیف سے کہا۔اُن کا انداز چغلی کھا رہا تھا کہ وہ یہ سب کچھ طبیعت پر جبر کر کے کہہ رہے ہیں۔

''اس واقعہ کے بعد وہ کس کے پاس رہی؟''

''اس کی ایک سہیلی کے پاس''

''وہ بھی شاید اُس کی ہم پیشہ تھی؟'' بیگم نے استہزائیہ انداز میں کہا اور انہوں نے پھر اقرار میں گردن ہلا دی۔اس کے بعد بیگم نے کوئی سوال نہیں پوچھا۔شاید اُس کے پاس سوالات کا ذخیرہ ختم ہو چکا تھا یا ممکن ہے وہ احمد میاں کے دکھے ہوئے دل پر مزید کاری ضربیں نہیں لگانا چاہتی تھی۔دونوں چپ چاپ اپنے ہی خیالوں کے بُنے ہوئے جال میں محصور تھے۔احمد میاں یہ بھی بھول چکے تھے کہ اُن کے سارے کپڑے بھیگ چکے ہیں۔اُن کا تو سارا وجود لایعنی سوچ کے حصار میں مقید کسی زخمی پرندے کی طرح پھڑ پھڑا رہا تھا۔اگرچہ بارش تھم چکی تھی۔بادل آہستہ آہستہ چھٹ رہے تھے مگر احمد میاں کی تقدیر کا آسمان ہنوز سیاہ بادلوں سے گھرا ہوا تھا۔طوفان اب بھی اُن کے دل کے ہر گوشے کو اپنی گرفت میں لئے ہوئے تھا۔

دوسری صبح محلے والوں نے یہ خبر بڑی حیرت سے سنی کہ احمد میاں اور بیگم کی نوزائیدہ بیٹی کی جڑواں بہن بھی ہے جو بیماری کے سبب پیدائش کے بعد اپنی نانی کے پاس تھی اور اب اپنے ماں باپ کے گھر آ گئی ہے۔عورتوں کے کان ایسی سنسنی خیز خبروں کو سننے کے لیے تیار ہی رہتے ہیں۔کچھ ہی دیر میں احمد میاں کا گھر محلے کی عورتوں سے بھر گیا۔مختلف صورتوں،عادتوں اور عمروں کی عورتیں یکجا ہو گئیں۔

''اوئی بہن۔۔۔چشم بد دور!'' کوئی ڈھچر جیسی بوڑھیا اپنے کپکپاتے جسم کو سنبھالتے ہوئے بولی ''کتنی پیاری بچی ہے۔تمہارا ہی دل گردہ تھا کہ ایسی چاند سی بیٹی کو اتنے دنوں تک نظروں سے دور رکھا۔'' بیگم نے ہولے سے اُس کی بات پر مسکرا تو دیا مگر اُس کا دل ایک سلگتا ہوا شعلہ بن گیا تھا۔

''مگر بہن! دونوں بچیوں میں کافی فرق نظر آتا ہے''۔دوسری نے زبان کھولی ''تمہاری دوسری بیٹی کا رنگ گندمی ہے مگر یہ بچی۔۔۔کیا نام ہے خدا رکھے!'' اس نے پان چباتے ہوئے پوچھا اور ایک لمحے کے لیے بیگم کا رنگ فق ہو گیا۔اب بھلا اس کو اس حرام زادی کا نام تھوڑی معلوم تھا!

''کیوں بہن۔کیا نام بھی بھول گئیں؟''

''ارے بہن۔'' بیگم نے اچھی اداکاری کی ''چاند ہے اس کا نام''

''اور ہے بھی چاند جیسی خوب صورت!'' وہ دانت نکال کر بولی۔''ہاں تو میں کہہ رہی تھی چاند بٹیا کا رنگ ماشاءاللہ میدے کی طرح صاف ہے،اور ناک نقشہ بھی دونوں بہنوں کا نہیں ملتا'' اب بھلا بیگم کے پاس اس بات کا کیا جواب تھا! وہ تو عورتوں کے اس غول بیابانی سے پریشان سی ہو گئی تھی۔بس آہستہ سے کہہ دیا:

''خدا کے کام خدا ہی جانے''

''ٹھیک کہا تم نے بہن'' ایک اور عورت نے خاموش رہنا مناسب نہیں سمجھا۔''ہمارے ابا کے ایک رشتے کی خالہ تھیں۔بڑی نیک بی بی تھیں محلے میں کسی نے اُن کی آواز بھی نہیں سنی تھی۔اُن کی ایک خوب صورت سی بیٹی تھی۔چند سال بعد ایک اور بچی پیدا ہوئی۔یہ پہلی کی ضد تھی۔بس پھر کیا تھا۔اُس کے شوہر نے اپنی نیک سیرت بیوی پر الزام لگا دیا کہ یہ اُس کی بیٹی نہیں۔۔۔بس اللہ ہی بچائے ایسے مردوں سے۔۔۔''

بیگم کو ان باتوں سے وحشت ہو رہی تھی۔وہ چاہتی تھی کہ جلدی سے گھر آنے والی ان بلاؤں سے نجات حاصل ہو،مگر شاید انہوں نے وہیں بیٹھنے کا تہیہ کر رکھا تھا۔زبانیں قینچیوں کی طرح چل رہی تھیں۔آنکھیں مٹکائی جا رہی تھیں اور وہ بس ہوں ہاں کیئے جا رہی تھی۔

چونکہ احمد میاں کو اس محلّے میں آباد ہوئے زیادہ عرصہ نہیں گزرا تھا اور پھر قدرت نے بھی اُن کے قریبی رشتے داروں کو بڑی جلدی میں اپنے پاس بلا لیا تھا،اس لیے اس طوفانی رات کا سنسنی خیز ڈرامہ ان کی پیشانی کا داغ نہ بن سکا۔

جب سے چاند نے اس گھر میں قدم رکھا تھا،احمد میاں کا گھر تو دور کی بات،سارے محلے کی رونق میں اضافہ ہو گیا تھا۔ماں کا پیار تو اس بدنصیب کو حاصل نہ تھا مگر اتنے سارے لوگوں کی بے غرض محبت مل گئی تھی۔ہر زبان اُس کے حسن کی مدح سرائی میں مصروف رہتی تھی۔لوگ اپنے بچوں کو بھول کر ڈھیر سارے کھلونے اس کے سامنے لا کر رکھ دیتے تھے۔زمین پر تو شاید اس نے اتنے دن گزر جانے کے باوجود قدم نہیں رکھا تھا ایک گود سے دوسری،دوسری سے تیسری

بس یہی سلسلہ جاری تھا۔ بیگم یہ تماشا دیکھ رہی تھی اور دل ہی دل میں کڑھ کڑھ کر ببول کا کانٹا بنتی جا رہی تھی۔ جب سے اس کمینی نے اس گھر میں قدم رکھا تھا، خوشی نام کی چیز اس پر حرام ہو کر رہ گئی تھی۔ جی چاہتا تھا کہ اُس کا گلا ہی دبا کر قصہ تمام کر دے کہ نہ رہے بانس نہ بجے بانسری۔ مگر خدا کا خوف بھی دامن گیر تھا۔ قدرت نے اُس کے ساتھ عجیب قسم کا مذاق کیا تھا۔ ایک طرف تو اُسے اس حرام زادی کو اپنی بیٹی ظاہر کرنا پڑا تھا اور دوسری طرف اُس کی حقیقی بیٹی صوفیہ محلے والوں کی محبتوں سے محروم ہو گئی تھی۔ اگرچہ بیگم طبیعت کے لحاظ سے شائستہ اقدار کی حامل تھی مگر چاند کے باب میں اُس کی ساری شائستگی رخصت ہو گئی تھی۔ جب تک سب سامنے ہوتے، وہ معصوم بچی سے بناوٹی محبت کی باتیں کرتی، طبیعت پر جبر کر کے دو ایک بار پیار بھی کر لیتی مگر جوں ہی بھیڑ چھٹ جاتی تو جیسے اُس کی آنکھوں میں خون اُتر آتا۔ احمد میاں کے سامنے اُس کی ماں کے سارے خاندان کو مغلظ صلواتوں سے نوازنے لگتی۔ زبان تو قینچی کی طرح چلتی ہی تھی مگر کبھی کبھی ہاتھ بھی چلنے لگتا تھا۔ ایک دو بار تو اُس نے چاند کی اس طرح گوشمالی کی کہ ننھی سی جان تکلیف کے سبب بلبلا کر رہ گئی۔ رونے کی آواز سن کر تو اُس نے پھول جیسے سرخ رخساروں کو اور زیادہ سرخ کر دیا تھا۔ احمد میاں نے یہ تماشا دیکھا اور چپکے سے کھسک گئے اور دوسرے کمرے میں سر پکڑ کر کسی ننھے بچے کی طرح پھوٹ پھوٹ کر رونے لگے۔ کاش اُن کی زندگی میں وہ کمزور لمحہ کبھی نہ آیا ہوتا۔ مگر اب پچھتانے کا کوئی فائدہ نہ تھا۔ ایک کمزور لمحے نے ان کی ساری زندگی کو متزلزل کر دیا تھا۔ انہیں ہر وقت اپنے اندر کوئی نوک دار چیز کچوکے لگاتی ہوئی محسوس ہوتی تھی۔ بیگم کو اپنے گناہ میں شریک کرنے کے بعد تو جیسے اُن کے اندرون کا ہم زاد ہمیشہ کے لیے شکست خوردگی اور غیر یقینی صورتِ حال کے غیر مرئی دام میں اسیر ہو گیا تھا۔

جبر کی اس فضا میں پل کر چاند کچھ بڑی ہوئی تو اسے محلے کے ایک اسکول میں داخل کر دیا گیا۔ چونکہ اسکول قریب تھا اس لیے وہ کتابوں سے بھرا بستہ سنبھال کر پیدل ہی گھر سے نکل جاتی تھی۔ یونی فارم میں وہ ایک ایسی خوبصورت گڑیا معلوم ہوتی تھی جیسے بیٹری کی مدد سے نستعلیق انداز میں چلنے کی مشق کرائی جا رہی ہو۔ ایسے موقعوں پر اکثر مائیں اپنی بچیوں کو بھول کر اُسے ایک ٹک دیکھنے لگتی تھیں۔ شاید وہ حیران ہوں کہ انسانی بھیڑ میں یہ آسمانی حسن کہاں سے نمودار ہو گیا ہے؟ چاند کے برعکس صوفیہ کو اعلیٰ درجے کے ایک کانونٹ اسکول میں داخل کیا گیا تھا۔ اگرچہ احمد میاں نے بیگم کے اس غیر منصفانہ سلوک کے خلاف دبے الفاظ میں احتجاج بھی کیا تھا مگر ''کون سنتا ہے فغانِ درویش'' والی بات تھی۔ بیگم نے خشونت سے انہیں دیکھا تو الفاظ ان کے نطق پر دستک دینے کی جرأت نہ کر سکے۔ وہ بیگم کی نفسیات سے خوب واقف تھے۔ وہ چاند کے حوالے سے کسی بھی وقت پگھلی ہوئی آتش فشانی آگ بن کر انہیں راکھ کے ڈھیر میں تبدیل کر سکتی تھی۔ اس کمزور لمحے نے ان کی ساری زندگی کو بیگم کے ہاتھوں یرغمال بنا دیا تھا۔ اب اُن کے پاس صبر کے سوا اور کوئی چارہ کار نہ تھا۔

وقت اپنی رفتار سے چل رہا تھا، اور دوسروں کی طرح اس گھر کے افراد کو بھی زندگی نے مختلف النوع مصروفیات کے ملبے تلے دبائے رکھا تھا۔ ٹوینکل ٹوینکل لٹل اسٹار جیسی ہلکی پھلکی نظم سے دونوں بچیوں نے تعلیمی زندگی کا آغاز کیا تھا مگر ہر سال، ہر اگلی جماعت میں دونوں کے نصاب کے مندرجات تبدیل ہوتے گئے۔ کانونٹ کا تعلیمی سسٹم مقامی بورڈ سے کلیتاً مختلف تھا مگر دونوں لڑکیاں تعلیمی مسابقت میں ایکدوسرے سے پیچھے نہیں رہیں۔ دونوں کی ٹیچرز نے اُن کی تخلیقی صلاحیتوں کا فراخدلی سے اعتراف کیا اور حوصلہ افزائی میں کوئی کسر اٹھا نہیں رکھی۔ صوفیہ اپنی ماں کے برعکس چاند کے لیے اپنے دل میں محبت کے جذبات رکھتی تھی۔ صوفیہ جب اپنے اسکول کی کسی سہیلی کے ساتھ کہیں جاتی تو بیگم کی پُر زور مخالفت کے باوجود چاند کو اپنے ساتھ لے جاتی تھی۔ کوئی کھیل ایسا نہ ہوتا تھا جس میں صوفیہ کے ساتھ چاند شریک نہ ہوتی ہو۔ اکثر عمومی موضوعات پر وہ دونوں اپنا اپنا نقطہ نظر پیش کرتے اور کسی موضوع کو اختلافی مسئلہ بنانے سے گریز کرتے تھے۔ ایسے موقعوں پر بیگم کے چہرے کے تاثرات گرگٹ کی طرح رنگ بدلا کرتے تھے۔ اب وہ چاند کے باب میں بدمزاجی کا مظاہرہ کم کرتی تھی۔ اس کی وجہ بھی دراصل صوفیہ ہی تھی۔ ہوش سنبھالنے کے بعد جب اس نے اپنی ماں کو ہر وقت چاند کے لیے گندی زبان استعمال کرتے ہوئے سنا تو ایک مرتبہ چڑ کر بولی ''امّی۔ یہ آپ کیسی باتیں کرتی ہیں؟ چاند میری بہن ہے اُس کو بُرا بھلا کہنا مجھے بُرا بھلا کہنے کے برابر ہے۔''

اور تب بیگم کے کان کھڑے ہو گئے تھے۔ اُس نے سوچا اب صوفیہ کو زندگی کی باریکیاں سمجھنے کا شعور آ گیا ہے۔ اگر اُس نے اپنا طرز عمل نہیں بدلا تو عین ممکن ہے کہ یہ بھانڈا بیچ چوراہے میں نہ پھوٹ جائے۔ اُسے چاند کے متعلق کوئی پروا نہ تھی مگر اس بھید سے صوفیہ کا مستقبل بھی وابستہ تھا، اور اپنی حقیقی بیٹی کا مستقبل اسے اپنی جان سے بھی زیادہ عزیز تھا۔

اگرچہ چاند کے خلاف اُس کے دل میں لاوا پکتا رہا مگر موقع کی مناسبت سے وہ شطرنج کے ایک ماہر کھلاڑی کی طرح سوچ سمجھ کر چال چلتی رہی۔ صوفیہ کے سامنے وہ زیادہ تر خاموش ہی رہتی تھی مگر اس کی عدم موجودگی میں چاند کو چرکے لگا کر ایک ایذا پسند شخص کی طرح خوش ہو جاتی۔ احمد میاں وقت کے اسٹیج پر کھیلا جانے والا یہ ڈرامہ دیکھتے اور خود کو بے انت اذّیت کے اندھے کنوئیں میں تمام تر وجود کے ساتھ ڈوبتا ہوا محسوس کرتے۔ ان نا مساعد حالات کی دھند میں اُن کی گھریلو زندگی کی گاڑی لڑکھڑاتی ہوئی آگے کی طرف بڑھتی گئی۔

اسکول میں پچاس سے زیادہ طلباء و طالبات نے میٹرک کا امتحان دیا تھا لیکن چاند نے پہلی پوزیشن لے کر سارے ٹیچرز اور اسکول کی انتظامیہ کا دل جیت لیا تھا۔ ایک عرصے کے بعد احمد میاں نے محسوس کیا کہ اُن کے اندرون خوشی کی رمق جاگ اٹھی ہے۔ صوفیہ خوشی سے اُچھل کود رہی تھی مگر بیگم کو یوں سانپ سونگھ گیا تھا جیسے اُس کے سامنے نجات کا ہر دروازہ بند ہو گیا ہو؟

’’امّی۔ آپ نے دیکھا؟ چاند نے تو کمال کر دکھایا ہے۔ آپ خوش ہیں نا؟‘‘ صوفیہ نے جیسے بیگم کو جھنجھوڑ کر رکھ دیا۔

’’ہاں بیٹا۔ میں بہت خوش ہوں‘‘ بیگم کے حلق سے ایسی آواز نکلی جیسے مرنے والا زندگی کی آخری سانسیں لے رہا ہو۔ صوفیہ اپنی ماں کو حیرانگی سے دیکھ رہی تھی۔ اُس کی سمجھ میں نہیں آ رہا تھا کہ خوشی کے اس موقع پر وہ اس قدر مُردہ دلی کا مظاہرہ کیوں کر رہی ہے؟

رزلٹ آنے کے فوری بعد بیگم نے احمد میاں کو تنہائی میں گھیر لیا۔

’’اس چھنال کی کہیں شادی کر دو‘‘ بیگم نے احمد میاں کو حکم کے انداز میں مشورہ دیا۔ اس وقت چاند کی جوانی چودھویں کے چاند کی چاندنی سے زیادہ تابناک ہو گئی تھی۔ احمد میاں سوچ میں ڈوب گئے تو بیگم نے جلے کٹے لہجے میں کہا۔

’’کچھ دن اور گھر میں رکھو گے تو یہ بھی اپنی ماں کے نقشِ قدم پر چل پڑے گی‘‘ بیگم کی آواز میں قطعیت تھی ’’اور پھر یہ محلّہ اُس کے عاشقوں سے بھر جائے گا۔ میں نہیں چاہتی کہ اس حرام زادی کی وجہ سے اپنا گھر بدنام کروں۔ جلدی سے کسی کے سر تھوپ دو۔ ورنہ۔۔۔۔‘‘

احمد میاں احتجاج کی بابت سوچ ہی رہے تھے کہ ماضی کا وہ کمزور لمحہ ایک یرقان زدہ پرچھائیں بن کر اُن کی روح سے لپٹ گیا۔ حالات کی مجبوری نے اُن کی زبان پر قدغن لگا دی تھی مگر اُن کے اندرون کا ہم زاد چیخ چیخ کر آسمان سر پر اٹھانے کی کوشش کر رہا تھا۔ وقت آگے بڑھتا گیا اور کالج میں داخلے کی آخری تاریخ آ گئی تو صوفیہ نے اس سلسلے میں یاددہانی کرا دی۔

’’ابّو۔ آپ فوراً چاند کو کالج لے جائیں اور ایڈمیشن فارمز (Admission Forms) بھر کر فیس کے ساتھ داخل کر دیں‘‘ صوفیہ نے اپنے باپ سے کہا ’’ورنہ اس کا ایک سال ضائع ہو سکتا ہے‘‘

’’چاند آگے نہیں پڑھنا چاہتی‘‘ بیگم نے شاطرانہ انداز میں کہا۔

’’لہٰذا اس سلسلے میں تمہارا مشورہ غیر ضروری ہے‘‘

صوفیہ نے اپنی ماں کو دیکھا جس کے چہرے پر مکّاری کے نقوش دم سادھے بیٹھے ہوئے تھے۔ پھر وہ یوں مسکرائی جیسے اُس کی سوچ نے معاملے کی اُلجھی ہوئی گتھی کو سلجھا دیا ہو۔

’’امّی۔ اب میں سمجھ گئی ہوں۔‘‘ وہ بولی ’’یہ چاند کی نہیں آپ کی مرضی ہے کہ وہ آگے نہ پڑھے۔ لیکن میں ایسا نہیں ہونے دوں گی‘‘۔ اس لمحے کمرے میں سنّاٹا پھیل گیا۔ احمد میاں اور چاند میں اتنی ہمت نہ تھی کہ وہ لب کشائی کا عملی ثبوت فراہم کر سکتے۔ بیگم سراپا آگ بگولہ بنی ہوئی تھی مگر زخم خوردہ شیرنی بن جانے کے باوجود نہ جانے کس مصلحت کے تحت اس نے خاموشی کا لبادہ اوڑھ رکھا تھا۔

’’ابّو۔ کل میں، آپ اور چاند ساتھ کالج چلیں گے۔‘‘ صوفیہ کا لہجہ اگرچہ متانت سے بھرپور تھا مگر اُس کے چہرے پر ایک پُراسرار مسکراہٹ کا جگنو ہر پل دو پل کے بعد جگمگائے جا رہا تھا۔!!

چاند کی کالج لائف کا خوش آئند باب شروع ہو چکا تھا۔ صوفیہ کیمبرج کے اے لیول (A-Level) کی تیاری میں مصروف ہو گئی تھی۔ بیگم خاموشی کا لبادہ اوڑھ کر خود کو اطراف کی ہر شے سے لاتعلق کرنے کی کوشش کرنے لگی تھی۔ ایک عرصے کے بعد احمد میاں نے محسوس کیا تھا کہ اُن کی روح میں طمانیت ایک کیف زا احساس بن کر پھیلتی جا رہی ہے۔ گھر میں بظاہر سکون کا ماحول تھا مگر اصلاً ایک سرد جنگ کی سی کیفیت تھی۔ بیگم نے جیسے گھر کے سب افراد کا سوشل بائیکاٹ کیا ہوا تھا۔ احمد میاں جانتے تھے کہ بیگم کی شکست خوردہ انا موقع کی تلاش میں ہے اور وہ کسی بھی وقت قیامت کی چال چل سکتی ہے۔ خوف کا یہ احساس اُنہیں بار بار دہلا دیتا تھا۔ انہیں یقین تھا کہ اس وقت بیگم کے اندرون میں جس خلاء نے جنم لیا ہے وہ کسی بھی وقت منتقمانہ احساسات سے لبریز ہو سکتا ہے۔۔۔!!

چاند نے انٹرمیڈیٹ میں نمایاں کامیابی کے بعد اچانک احمد میاں کو آگاہ کیا وہ آگے پڑھنا نہیں چاہتی۔ احمد میاں جیسے سکتے کے عالم میں آ گئے۔ زندگی میں پہلی مرتبہ چاند نے اپنی ذات کے تعلق سے ازخود کوئی فیصلہ کیا تھا اور وہ بھی ایسا کہ جس میں سراسر اُسی کا نقصان تھا۔ اس سے پہلے تو اُس کی حالت روبوٹ کے سسٹم سے مختلف نہ تھی کہ جو بلا سوچے سمجھے ہمیشہ دوسروں کی حسبِ منشا کام انجام دیتا ہے۔ انہوں نے یہ بھی محسوس کیا کہ چاند کسی نامعلوم وجہ کی بنا پر احوالِ واقعی کی جزئیات اُن کے گوش گزار نہیں کرنا چاہتی ہے۔ صوفیہ نے لاکھ سمجھایا کہ وہ گریجویشن سے پہلے تعلیم کو خیرباد نہ کہے مگر وہ بھی چاند کو قائل کرنے میں ناکام رہی۔ چاند کا چہرہ کسی خزاں رسیدہ پھول کی طرح مرجھا چکا تھا۔ اُداسی، خوف اور بہت سارے منفی احساسات نے گڈمڈ ہو کر اُس کی آنکھوں کی چمک کو ماند کر دیا تھا۔ کوئی وجہ ضرور تھی جس کی وجہ سے چاند نے کالج چھوڑنے جیسا غیر منطقی فیصلہ کیا تھا۔ احمد میاں نے لاکھ کوشش کی کہ چاند انہیں حقیقت سے آگاہ کر دے مگر وہ اس کے ہونٹوں کے قفلِ سکوت کو توڑنے میں کامیاب نہ ہو سکے۔ بیگم کو جس موقع کی تلاش تھی وہ خود چل کر اُس کے پاس آ گیا تھا۔ شاید اُسے احساس ہو گیا تھا کہ بدلتے ہوئے حالات میں وہ دو آنکھیں رکھنے کے باوجود یونانی دیومالا کے ایک آنکھ والے سائیکلوپس کا کردار ادا کر سکتی ہے۔

احمد میاں کی تھکی ہوئی روح جیسے وقت کی عنکبوتی جال میں پھنس کر چیخ اٹھی۔ انہیں اپنی مطلق فکر نہیں تھی مگر چاند کے مستقبل کے تعلق سے بہت سارے تکلیف دہ اندیشے تلوار بن کر اُن کے سر پر لٹکنے لگے تھے۔ انہیں کامل یقین تھا کہ بیگم اپنے منتقمانہ مزاج سے مجبور ہو کر چاند کی زندگی میں زہر گھول سکتی ہے۔ وہ اپنے کیے کی سزا بھگتنے کو تیار تھے مگر انہیں یہ منظور نہیں تھا کہ جس غلطی نے ان کی زندگی کو جہنم کا شعلہ بنا دیا تھا، اس کی ایک لَس چاند کے مستقبل کو خوشیوں کو راکھ میں تبدیل کر کے رکھ دے۔ مگر مجبورِ محض ہونے کی وجہ سے ہو کچھ کر بھی نہیں سکتے تھے۔ دوسری طرف بیگم نے جیسے تہیہ کر لیا تھا کہ جتنی جلد ممکن ہوگا وہ چاند کے

ہاتھ پیلے کر کے ہمیشہ کے لیے اسے اس گھر سے رخصت کر دے گی۔احمد میاں جانتے تھے کہ بیگم ان دنوں چاند کے لیے رشتے تلاش کر رہی ہے۔وہ اس بہانے دن بھر نہ جانے کہاں کہاں کی خاک چھانتے ہوئے اپنے جسم کی سڑی ہوئی چربی کو پگھلانے میں مصروف رہتی تھی۔احمد میاں نے چند خواتین کو وقت بے وقت گھر میں آتے ہوئے بھی دیکھا تھا۔وہ خوب جانتے تھے کہ وہ کس مقصد کے تحت یہاں آ رہی ہیں مگر بیگم نے تو جیسے قسم کھا تھی کہ وہ اس سلسلے میں احمد میاں کو کسی بات کی ہوا نہیں لگنے دے گی۔اس کا یہ طرزِعمل ہر مرتبہ احمد میاں کی رگِ جان پر کاری ضرب لگاتا تھا۔

ایک دن احمد میاں کو بیگم کی زبانی معلوم ہوا کہ چاند کے رشتے کی بات پکّی ہوگئی ہے۔اچانک انہیں محسوس ہوا کہ اُن کے اندرون کا خلاء بے انت ہو کر پھیلتا جا رہا ہے۔انہوں نے خود کو سنبھالنے کی کوشش کی لیکن حالات کے سامنے نجات کے سارے دروازے بند ہوتے ہوئے نظر آ رہے تھے۔اگرچہ چاند کے رشتے کے حوالے سے اُن کی روح مجسّم سوال بنی ہوئی تھی لیکن انہوں نے یہی مناسب سمجھا کہ ہر سوال کو اپنے اندر دفن کر کے خاموشیوں کے سائیں سائیں کرتے جنگل کا سفر جاری رکھیں۔بیگم کے نزدیک جیسے احمد میاں کی خاموشی غیر متوقع تھی۔شاید اس نے یہی سمجھا تھا کہ وہ اپنے ہونے والے داماد، اور اس کے خاندان کے حوالے سے سوالات کا کوہ ہمالہ کھڑا کر دیں گے، لیکن احمد میاں نے تو اپنے اردگرد خاموشی کا حصار کھینچ کر اپنے جذبات کے ہر نقش کو گم کر دیا تھا۔۔!

دونوں طرف سے شروع ہونے والی اعصاب کی یہ سرد جنگ زیادہ دنوں تک جاری نہ رہ سکی۔بیگم نے ایک دن علی الصبح انہیں تاکید کی کہ وہ شام وقت سے پہلے گھر پہنچ جائیں کیونکہ ان کا ہونے والا داماد اُن کی آشیرواد لینے آ رہا ہے۔احمد میاں کو اچانک ایک جھٹکا لگا۔بیگم کے چہرے پر پھیلی ہوئی پُر اسرار مسکراہٹ میں ایک ایسا پیغام چھپا ہوا تھا جس کا ابلاغ احمد میاں کے لیے آسان نہیں تھا۔کچھ نہ سمجھنے کے باوجود انہوں نے خوف کے عفریت کو اپنے اندرون میں سر اٹھاتے ہوئے محسوس کیا۔

کچھ دیر بعد احمد میاں چاند کے ساتھ گھر میں تنہا رہ گئے۔بیگم کی زندگی ان دنوں نہ معلوم کن بے نام ہنگاموں سے عبارت تھی کہ اُس کا زیادہ تر وقت گھر سے باہر ہی گزرتا تھا۔صوفیہ کالج جا چکی تھی اور چاند ہمیشہ کی طرح اپنے آپ میں چپ چاپ نہ جانے کس کونے میں دبکی بیٹھی تھی۔احمد میاں نے محسوس کیا کہ ایسی صورتِ حال میں وہ دفتری کاموں سے انصاف نہ کر پائیں گے لہٰذا آفس جانے سے بہتر یہی ہے کہ وہ اپنے کمرے میں مقیّد ہو کر ذہن میں جنم لینے والے اندیشوں کی بابت سوچیں اور اُن کا کوئی حل تلاش کریں۔لیکن بہت دیر تک مسلسل سوچنے کے عمل سے گزرنے کے باوجود انہوں نے محسوس کیا کہ ان کے الجھے ہوئے حالات کی گتھیوں کا سلجھنا بہت مشکل ہے۔اپنے مجبورِ محض ہونے کا احساس ہوا تو ان کی آنکھیں بھر آئیں۔اُن کا جی چاہا کہ وہ چاند کو سینے سے لگا کر کہیں کہ ''بیٹی۔ مجھے معاف کر دے میں تیرا مجرم ہوں۔میرے سامنے تیری زندگی کا سودا ہو رہا ہے اور میں تجھے بچا بھی نہیں سکتا''۔اس وقت اُن کی حالت ایک ایسے شخص سے مختلف نہیں تھی جو کئی مرتبہ مصلوب ہونے کے باوجود صلیب سے چھٹکارہ حاصل نہیں کر سکا تھا۔۔!!

شام کو احمد میاں نے ایک اجنبی شخص سے ملاقات کی تو انہیں اپنی آنکھوں پر اعتبار نہیں آیا۔انہوں نے تو یہی سوچا کہ بیگم کے منتخب کردہ چاند کے دولہا کو دیکھتے ہی وہ خوف زدہ ہو جائیں گے مگر یہاں تو معاملہ اُن کی سوچ کے برعکس تھا۔ان کے سامنے ایک خوش شکل، خوش پوش اور باوقار نوجوان مودبانہ انداز میں کھڑا انہیں ضرورت سے زیادہ متاثر کر رہا تھا۔بات چیت کا سلسلہ شروع ہوا اور اُس کے تعلیمی، خاندانی اور پروفیشل کوائف سے آگاہی ہوئی تو احمد میاں کو یہ سب کچھ ایک خوب صورت خواب سا محسوس ہوا۔اب اس کا کیا کیا جائے کہ خوف کا پروردہ شخص اتنی جلدی خود کو منفی جذبات سے آزاد نہیں کر سکتا۔وہ دھیمی آواز میں نہایت خوداعتادی سے بات کر رہا تھا اور احمد میاں یک ٹک اسے دیکھے جا رہے تھے جیسے اُس کے چہرے کی دمکتی کرنوں کو اپنے اندرون میں سمیٹ لینا چاہتے ہوں۔انہیں لگا زندگی میں ایک کمزور لمحہ آ جانے سے وہ جس مرکزے سے ہٹ گئے تھے آج قدرت کی مہربانی کی وجہ سے وہ دوبارہ اس مرکز پر واپس پہنچ گئے ہیں لیکن جوں ہی انہوں نے بیگم کے چہرے کی معنی خیز مسکراہٹ دیکھی تو خوف کا افعی دوبارہ اچھل کر اُن کے اندرون میں اُتر گیا۔!!

کچھ دیر بعد نوجوان چلا گیا۔بیگم کافی دیر تک اُن کے سامنے بیٹھی رہی مگر خلاف توقع خاموش ہی رہی۔دونوں کے درمیان کا یہ دم بخود سناٹا احمد میاں کے لیے بالکل ہی ایک نئی چیز تھا کیونکہ اُس کے سامنے تو بیگم عموماً دھاڑتی اور چنگھاڑتی رہتی تھی۔آج تو جیسے گھر کا ماحول ہی بدل چکا تھا۔شام سے اب تک جو کچھ ہوتا رہا تھا احمد میاں اس کے بالکل عادی نہ تھے۔ہر چیز میں اجنبیت کا عنصر غالب تھا جیسے اُن کے حصّے کی زمین کا ٹکڑا کسی اور سیارے میں اُتر چکا تھا۔

پھر شادی کی تاریخ مقرر ہونے کے فوری بعد پہلی مرتبہ اس گھر میں خوشیوں سے بھرپور ہنگاموں نے جنم لیا۔ڈھولک کی تھاپ پر کنواریوں کے گیت گونجنے لگے۔ہر ایک کا چہرہ مسکراہٹوں کی روشنی میں نہایا ہوا تھا۔مگر احمد میاں کے لیے یہ سب کچھ ناقابلِ یقین تھا۔اُن کا ذہن اردگرد کے ماحول سے کٹ کر کسی اور دنیا کا باسی بنا ہوا تھا۔اُنہیں یوں محسوس ہوتا جیسے یہ سب کچھ کسی خواب کی دنیا میں ہو رہا ہے۔

شادی کے دن ایک عجیب واقعہ پیش آیا۔بارات آئے زیادہ دیر نہیں ہوئی تھی۔اسٹیج کی ایک مخصوص نشست پر دولہا شاہانہ انداز میں سے بیٹھا ہوا تھا۔اس کی مقناطیسی کشش ہر ایک کو متاثر کر رہی تھی۔نکاح خوان کو آنے میں کچھ دیر ہوگئی تھی اور ایک صاحب انہیں لینے گئے ہوئے تھے۔عین اس موقع پر دولہا کے بڑے بھائی نے احمد میاں کو الگ لے جا کر کہا۔

''جناب۔ہم نے دولہن کے متعلق کچھ سنا ہے!''اوراس لمحے احمد میاں کا چہرہ چونے کی طرح سفید ہوگیا۔کاٹو تو لہو نہیں۔انہیں محسوس ہوا وہ غش کھا کرگر پڑیں گے۔

''ہم نے سنا ہے لڑکی کی ماں۔۔۔''اور وہ اس کے آگے کچھ نہ سن سکے۔چہرے پر ٹھنڈا پسینہ آ گیا۔نکاح خوان کے آنے سے پیشتر ہی چند لمحوں میں یہ خبر ہوا کا جھونکا بن کر چاروں طرف پھیل گئی۔عورتوں میں چہ مے گوئیاں ہونے لگیں۔عجیب وغریب قسم کے اشارے شروع ہوگئے۔گردنیں ہلنے لگیں۔۔۔اور پھر عین اس وقت سب نے دیکھا کہ بیگم ساڑھی کا پلّو کمر کے گرد اچھی طرح باندھے،ایک ہاتھ میں موٹا سا ڈنڈا لئے چیختے ،چنگھاڑتے ہوئے زنان خانے سے باہر نکل رہی تھی۔اُسے نہ پردے کا ہوش تھا نہ اردگرد موجود مَردوں کی پروا۔

''ارے وہ کون ہے جھاڑو پھرا،جس نے میری بیٹی کو بدنام کرنے کی کوشش کی؟ارے اُس جھڑوس کو سامنے تو لاؤ۔مار مار کر بکھل ادھیڑ دوں گی'' اچانک عورتوں کی سرگوشیوں نے جیسے دم توڑ دیا۔مَردوں کو سانپ سونگھ گیا۔معلوم ہوتا تھا جیسے شامیانے میں اُلّو بول رہے ہیں اور سناٹے میں بیگم زخمی شیرنی کی طرح دھاڑ رہی تھی۔

''لے جاؤ اپنی بارات کو یہاں سے۔۔۔میری بیٹی سڑک پر نہیں پڑی ہے۔ایک سے ایک اچھا لڑکا مل سکتا ہے۔لے جاؤ بارات۔۔۔ہمیں پروا نہیں۔ لیکن کسی نے بدنام کرنے کی کوشش کی تو میں اُسے چھٹی کا دودھ یاد دلا دوں گی''اور پھر تو جیسے دولہا والوں کے ہوش ٹھکانے آ گئے۔وہ دوڑے دوڑے بیگم کے قریب پہنچ گئے۔اپنی غلط فہمیوں کی معافیاں مانگیں۔اُسے سمجھایا بجھایا،لگائی بجھائی کرنے والوں کو بُرا بھلا کہا گیا۔خود دولہا قدم بوسی کے لیے وہاں پہنچ گیا۔بیگم کے آگے اپنے ہاتھ جوڑ دیے اور تب بیگم کی آنکھوں میں شعلوں کی تپش کچھ کم ہوئی۔جتنی تیزی سے اس ہنگامے نے جنم لیا تھا،اتنی ہی تیزی سے ختم بھی ہوگیا۔ قاضی جی تشریف لا چکے تھے۔دولہا پھر اپنی نشست پر بیٹھ چکا تھا۔نکاح کی کارروائی شروع ہونے والی تھی اور تب احمد میاں کی آنکھیں آنسوؤں سے تر بہ تر ہوگئیں۔برسوں پرانے ضبط کے ٹانکے ادھڑ گئے تھے۔اور عین اس لمحے باراتیوں میں سے کسی نے کہا:

''آسمان کا تھوکا منہ پر ہی آتا ہے۔چاند پر دھول اُڑانے سے چاند کا حسن ماند نہیں ہوتا۔''

بچہ ہے

یسٰین احمد

(حیدرآباد، دکن)

ائیر پورٹ پر نائرہ کو لینے کے لئے اُس کے ماں باپ' تائی اور چچی آئے تھے۔اُن کے علاوہ ریاض اور شاکرہ بھی موجود تھے۔شادی کے بعد نائرہ اپنے شوہر کے ساتھ جدہ چلی گئی تھی۔جہاں اُس کا شوہر ملازم تھا۔دوڈھائی سال بعد وہ وطن لوٹی تو کافی بدل گئی تھی۔اب وہ دو بچوں کی ماں بن چکی تھی۔بدن بھر جانے کی وجہ سے پُرکشش لگ رہی تھی۔چہرے کی رنگت مزید نکھر گئی تھی۔

شاکرہ نے لپک کر اُس کی گود سے بچے کو لے لیا اور جھک کر چلائی۔''کتنا Cute لگتا ہے نائرہ باجی آپ کا بیٹا.....!''

''گلاب کے پودے کو گلاب ہی لگتے ہیں' ناگ پھنی نہیں۔'' ریاض نے آہستگی سے یہ فقرہ کہا۔معلوم نہیں ریاض کے اس فقرے کو کس کس نے سنا لیکن نائرہ نے ضرور سن لیا تھا۔وہ لگیج سے بھری ہوئی ٹرالی کو دھکیلتے ہوئے اس کے قریب آئی اور شوخی سے بولی۔

''آج کل بچے بھی بڑی بڑی باتیں کرنے لگے ہیں۔''

نائرہ اس بات سے واقف تھی کہ جب کوئی ریاض کو بچہ کہتا ہے تو اس کے تیور یکدم بدل جاتے ہیں۔اس پر جھنجلاہٹ طاری ہوجاتی ہے خصوصاً جب نائرہ اس کو بچہ سمجھتی ہے تو اس کا غصہ اور شدید ہوجاتا ہے۔بچپن سے آج تک نائرہ کو جب بھی موقع ملتا وہ ریاض کو چھیڑتی رہتی تھی۔آج بھی اس نے یہ موقع جانے نہیں دیا تھا۔ریاض اس سے چھ سال چھوٹا تھا۔لڑکی اور لڑکوں کے درمیان چھ سال کا فرق غیر معمولی ہوتا ہے۔لڑکیوں کی اُٹھان میں تیزی ہوتی ہے جبکہ لڑکے آہستہ آہستہ سن شعور کو پہنچتے ہیں۔ریاض کو یہ بات کھلتی تھی۔وہ سوچتا تھا کہ ایسا کوئی معجزہ ہوجائے' کوئی ایسی سائنسی ایجاد اُس کے ہاتھ لگ جائے کہ وہ نائرہ کے ہم عمر ہوجائے یا پھر نائرہ اس کی ہم عمر لگے۔

''نائرہ...!'' بے اختیار وہ تیز لہجے میں للکارا۔لیکن فوراً خاموش ہوگیا کیونکہ اس کو احساس ہوگیا تھا وہ جہاں کھڑے ہیں ایرپورٹ کا ایک حصہ ہے۔گھر نہیں ہے۔اطراف واکناف لوگوں کی بھیڑ ہے۔

ماں نے فوراً پلٹ کر ریاض کو گھورا اور ڈانٹنے کے انداز میں بولیں۔''کتنی بار کہا ہے کہ نائرہ کو نام لے کر مت پکارو۔نائرہ باجی کہو۔وہ تم سے چھ سال بڑی ہے۔اب اُس کی شادی بھی ہوچکی ہے۔دو بچوں کی ماں بن گئی۔اگر اس کا شوہر سن لے گا تو کیا کہے گا؟''

''تائی ماں' کوئی کچھ نہیں بولے گا۔'' نائرہ نے پھر حملہ کیا۔''سب جانتے ہیں کہ ریاض بچہ ہے۔''

اس نے ہمیشہ نائرہ کو نائرہ کہا تھا۔کبھی بھی نائرہ باجی کہہ کر مخاطب نہیں کیا تھا۔اس کو نائرہ کہنا اچھا لگتا تھا۔یوں محسوس ہوتا کہ یہ نام دل کی گہرائیوں سے نکل کر لبوں تک پہنچا ہو۔نائرہ! کتنی نغمگی تھی۔کتنی چاہت تھی! کتنا اپنا پن تھا اس نام میں۔وہ سوچتا تو ایک سرور انگیز کیفیت اس کے دل و دماغ میں سرایت کرجاتی۔

نائرہ اور شاکرہ دونوں ریاض کی چچازاد بہنیں تھیں۔نائرہ اس سے چھ سال بڑی تھی اور شاکرہ دو سال۔ریاض کی ماں کا پہلا ابارشن ہوا تھا۔

دوسری دفعہ لڑکی پیدا ہوئی اور چھ سات ماہ بعد فوت ہوگئی تھی۔کافی عرصے کے بعد ریاض پیدا ہوا تب اُس کے منجھلے دیور کی بیٹی نائرہ چھ سات سال کی ہوچکی تھی اور چھوٹے دیور کی بیٹی شاکرہ دو سال۔

مشترکہ خاندان تھا۔تینوں ایک ہی گھر میں پلے بڑھے اور تعلیم پائے۔حاجی سیٹھ غلام حسین کا تانبے کے برتنوں کا بہت بڑا کاروبار تھا۔مرحوم زندگی بھر کم منافع اور زیادہ بکری کے اصولوں پر کاربند رہے' جس کی وجہ سے بازار میں چھائے رہے۔تینوں بھائی بھی باپ کے اصولوں پر قائم رہے۔ان میں بڑا اتحاد تھا۔جہاں اتحاد ہوتا ہے وہاں طاقت ہوتی ہے اور جہاں طاقت ہوتی ہے وہاں برکت ہوتی ہے۔

۲۲'۲۱ سال پہلے مرحوم غلام حسین نے اپنا مکان بڑی دوراندیشی سے تعمیر کرایا تھا۔جہاں آج ان کے تینوں بیٹے اور ان کی نسل عیش و آرام سے زندگی گزار رہی تھی۔دوہزار سے بھی زاید گز زمین پر پھیلے ہوئے مکان کے عقبی حصے میں چھوٹا سا لیکن خوبصورت باغیچہ تھا۔جہاں آم، امرود اور انجیر کے درخت تھے۔سرونٹ کوارٹر بھی وہیں بنائے گئے تھے۔مکان کے سامنے کے حصے میں خوبصورت سالان' گیراج اور ایک طرف بچوں کے کھیلنے کی جگہ...ایسے مکانات آج بہت کم نظر آتے ہیں۔مکانات تو کجا' گریٹر ہونے کا دعویٰ کرنے والے ہمارے شہروں کے کالونیوں میں پلے گراونڈ نہیں ہوتے جہاں بچے کھیل سکیں۔پارک نہیں ہوتے جہاں لوگ چہل قدمی کرسکیں۔بچے سڑکوں پر کرکٹ یافٹ بال کھیلتے ہیں اور بزرگ افراد گندی گلیوں میں یا پھر پرشور شاہراوں پر چہل قدمی کرتے ہیں۔

نائرہ دو سال بعد اپنے میکے آئی تھی۔اس عرصے میں گھر یا گھر کے افراد میں کوئی تبدیلی نہیں آئی تھی۔مگر شاکرہ پر بھرپور جوانی کی بہار چھا چکی تھی۔ریاض کے قدوقامت میں کوئی نمایاں فرق نظر نہیں آیا لیکن دمکتی آنکھوں میں ذہانت کی جھلک تھی۔

گھر پہنچتے ہی نائرہ اپنے شوہر سے گفتگو کرنا چاہتی تھی۔اس نے اپنی ماں سے موبائل مانگا تو ریاض نے جھٹ اپنا موبائل اس کے ہاتھ میں تھما دیا۔وہ الٹ پلٹ کر موبائل کو دیکھنے لگی۔جدید ماڈل کا انتہائی قیمتی فون تھا۔تقریباً

پاکٹ بک سائز کے برابر۔

نائرہ نے اپنے دیدے نچاتے ہوئے کہا۔''ریاض تمہارے اس فون کا قد تو تمہارے قد سے بھی بڑا ہے۔''

''کیا میں اس قدر پستہ قد ہوں؟'' پھر ایک دفعہ ریاض کے تیور بگڑے۔

''دو ایک انچ بڑے ہو سکتے ہو۔'' نائرہ نے اپنے کندھے اچکاتے ہوئے کہا۔

''نائرہ...'' ریاض نے اس کو اطلاع دینا ضروری سمجھا۔''میں اب بچہ نہیں رہا۔ اگلے سال میٹرک کا امتحان دینا والا ہوں۔''

نائرہ فطرتاً شریر تھی۔ لوگوں کو چھیڑنا' ستانا' لطیفے سنانا اور قہقہے لگانا اس کو اچھا لگتا تھا۔ خصوصاً ریاض کو چھیڑنے میں اُس کو بہت لطف آتا تھا۔

بچپن میں جب وہ اور شاکرہ کھیلتے تھے تو ریاض بھی ان کے ساتھ ہوتا تھا۔ چھت پر چڑھ کر پتنگ اُڑائی جاتی تو ریاض کا کام چرخی سنبھالنا ہوتا۔ ڈور اور پتنگ تو نائرہ کے ہاتھ میں ہوتی یا پھر شاکرہ کے ہاتھ میں۔ درختوں پر ریاض کو چڑھا کر وہ دونوں نیچے اتر جاتے۔ کچے پکے پھل کھاتے رہتے اور ریاض کسی شاخ پر بیٹھا چیختا چلاتا رہتا۔ دو تین دفعہ ایسا بھی ہوا کہ ڈر کے مارے ریاض درخت سے گر پڑا تھا۔ ہاتھ پاوں میں ہلکی پھلکی چوٹیں بھی آئی تھیں۔

لیکن جب سنجیدہ معاملات میں ساتھ ہوتا تو وہ ریاض کے لئے ایک بہترین دوست بہترین معاون بن جاتی۔ ریاض کا تعلیمی دور شروع ہوا تو وہ ریاض کو اپنے ساتھ اسکول لے جاتی اور لاتی۔ اسکول میں پہلے اُس کو کلاس روم میں بیٹھا کر اپنے کلاس روم کا رُخ کرتی۔ روز مرہ کے ہوم ورک میں اس کی مدد کرتی۔ کھیل کود اور پڑھائی میں ان تینوں کا ساتھ کئی سال تک چلتا رہا۔ یہ سلسلہ اُس وقت ٹوٹا جب نائرہ کے جسمانی نظام میں تبدیلی آئی۔ جب اس نے اسکرٹ' فراک پہنا ترک کر دیا تھا۔ شلوار قمیص پہننے لگی تھی۔ سینے پر ڈوپٹہ بھی آ گیا۔ چھت اور درختوں پر چڑھنے پر بھی پابندی عائد ہو گئی۔ اس کے باوجود ان تینوں کا دن رات کا ساتھ تھا۔ ایک دن یہ ساتھ بھی ختم ہو گیا۔ نائرہ کی شادی ہو گئی۔ دلہن بن کر جب وہ رخصت ہو رہی تھی' خواتین رو رہی تھیں اور وہ بھی ایک گوشے میں خاموش کھڑا آنسو بہا رہا تھا۔

نائرہ کچھ ہفتوں کے لئے مائیکے آئی تھی۔ یہاں آ کر اُسے لگا تھا کہ جیسے زنداں سے چھوٹ کر آئی ہو۔ جدہ میں اس کو ہر قسم کا آرام تھا جب تک شوہر گھر پر رہتا اس کو وقت کے گزرنے کا احساس تک نہیں ہوتا۔ لیکن اس کے دفتر جانے کے بعد نائرہ کو ایک ایک پل گزارنا مشکل ہوتا۔ دو بیڈ روم کے آرام دہ فلیٹ میں اس کا دم گھٹنے لگتا۔ نہ کوئی ہم زباں تھا وہاں اور ہم نشیں۔ یہاں آ کر اس کو احساس ہو رہا تھا کہ ایک بھرے پرے خاندان میں زندگی گزارنے کے بعد تنہا رہنا کتنا مشکل ہوتا ہے۔

ایک خوش آئند بات یہاں آتے ہی یہ بھی ہو گئی تھی کہ اس کے چچا نے شاکرہ کے لئے اچھا سا بر ڈھونڈ لیا تھا۔ وہ چاہتے تھے کہ جب تک نائرہ یہاں ہے شاکرہ کی منگنی بھی کر دیں۔ منگنی کی تاریخ بھی مقرر ہو گئی اور تیاریاں بھی شروع ہو گئیں۔ گھر کی خواتین شاپنگ کے لئے باہر جاتیں تو نائرہ بھی ان کے ساتھ ہو جاتی۔

تین ہفتے ہوا کے جھونکے کی طرح گزر گئے۔

چار بج رہے تھے۔

نائرہ اپنے کمرے میں بیٹھی اپنے شیر خوار بچے کو فیڈ کر رہی تھی۔ فیڈ کرنے کے بعد اس نے برا (Bra) کے ہک لگانے کے لئے اپنے دونوں ہاتھ پشت پر کئے۔ برا نئی تھی اور ہک چست۔ کوشش کے باوجود ہک لگ نہیں پا رہے تھے۔ عین اسی لمحہ عقب سے آواز آئی۔

"May i help you"

تیزی سے اس نے اپنا لباس برابر کیا اور پھر یکلخت اٹھ کھڑی ہوئی۔ عقب میں ریاض کھڑا تھا۔ وہ سرتا پا آگ بگولہ ہو گئی۔

''تم اندر کیسے آئے......؟''

''وہ......وہ......!'' ریاض ہکلانے لگا۔ ہکلاتے ہوئے اس نے کھلے ہوئے دروازے کی طرف اشارہ کیا۔

نائرہ غصے سے چلائی۔''you getout from here''

بے حد معصومیت سے وہ لمحہ بھر تک نائرہ کو گھورتا رہا اور پھر سر جھکا کر باہر نکل گیا۔ نائرہ غصے سے کانپ رہی تھی۔ اس کا چہرہ اور آنکھیں سرخ ہو گئی تھیں۔ اس کو اپنی ماں کے ہمراہ شاپنگ کے لئے جانا تھا چنانچہ باہر نکل گئی۔ لیکن دیر تک موڈ درست نہیں ہوا۔ بار بار خیال اس لمحے میں الجھ جاتا جب ریاض نے بڑی بے باکی سے پوچھا تھا۔"May i help you"

رفتہ رفتہ اس کا موڈ درست ہوا تو اس کو احساس ہوا کہ کچھ غلطی اس کی بھی ہے۔ دروازہ کھلا رکھنا نہیں چاہئے تھا۔ اتنے سخت لہجے میں ریاض کو ڈانٹنا نہیں چاہئے تھا۔ ممکن ہے اس سوال کے پیچھے کسی جذبے کی چھاپ نہ رہی ہو؟ دیر تک اپنے بزرگوں کے ساتھ شاپنگ کر کے لوٹی تب بھی اس کے دماغ میں پھیلا ہوا انتشار دور نہیں ہوا تھا۔ دماغ میں یہ سوال بار بار اٹھ رہا تھا کہ ریاض کی اس حرکت کے پیچھے اُس کی معصومیت تھی یا قصداً اُس نے یہ حرکت کی تھی۔

اپنے کمرے میں آ کر اس نے لباس تبدیل کیا۔ بڑے بچے کو رات کا کھانا کھلایا اور اس کو سلا کر دیر تک اِدھر اُدھر ٹہلتی رہی۔ سب لوگ رات کا کھانا دیر سے کھانے کے عادی تھے اس لئے دالان میں آرام کرسی پر نیم دراز اِدھر اُدھر کی گفتگو کر رہے تھے۔ شاکرہ ریموٹ ہاتھ میں لئے اپنا من پسند چینل تلاش کر رہی تھی۔ وہ چپ چاپ ریاض کے کمرے میں چلی آئی۔

ریاض کمرے میں موجود نہیں تھا۔ کمرے میں عجیب سی افراتفری

نظر آئی۔شفاف بستر کی چادر پر لاتعداد شکنیں ابھری ہوئی تھیں۔میز پر کتابیں بکھری پڑی تھیں۔ان میں کورس کی کتابیں بھی تھیں اور انگریزی کے کچھ فلمی رسالے بھی۔میز پر ایک طرف ڈائری اور اس کا ہینڈ فون بھی رکھا ہوا تھا۔

ریوالونگ چیر پر بیٹھ کر اس نے ڈائری اٹھالی اور صفحات الٹنے پلٹنے لگی۔ڈائری کے بیشتر صفحات کورے تھے۔یہاں وہاں بڑی لاپروائی سے کچھ پتے اور فون نمبر لکھے ہوئے تھے۔دو تین صفحات پر پنسل سے اسکیچز بھی بنائے گئے تھے۔غور سے دیکھنے کے باوجود بھی ان اسکیچز کی ہیئت اس کی سمجھ میں نہ آئی۔معلوم ہی نہیں ہوتا تھا کہ وہ اسکیچز عورت کے ہیں یا کسی مرد کے یا پھر اس منظر کی عکاسی کی گئی ہے جب عورت اور مرد دو جان ایک جسم ہو جاتے ہیں۔

نائرہ کی نظر ایک تحریر پر پڑی جو غالباً کسی رسالے یا کتاب سے اٹھائی گئی تھی۔تحریر پڑھ کر وہ حیران رہ گئی۔ڈائری میں لکھا تھا۔

''شراب کا آخری گھونٹ،سگریٹ کا آخری کش اور عورت کے پہلے بوسہ میں بڑی لذت ہوتی ہے۔''

اس نے فوراً ڈائری ایک طرف رکھ دی اور میز سے موبائل اٹھایا۔یہ وہی موبائل تھا جس کو اس نے یہاں آنے کے بعد ایک دو دن کے لئے استعمال کیا تھا۔اس لئے موبائل آن کرنے میں اس کو وقت نہیں ہوئی۔موبائل روشن ہوتے ہی وہ براہ راست You tube کی دُنیا میں آ گئی۔لاشعوری طور پر اس کی انگلیوں اسکرین کو آگے بڑھاتی گئیں۔ایک لمبی سی فہرست اس کے سامنے آتی گئی۔ایسی چیزیں سامنے آئیں جسے دیکھ کر اس کا دماغ سائیں سائیں کرنے لگا۔ہمیشہ خاموش اور گم صم رہنے والا ریاض اس کو سمندر لگا۔

اس نے فوراً موبائل آف کیا اور جانے کے لئے اٹھنا ہی چاہتی تھی کہ کسی نے ریوالونگ چیر کو یکلخت گھوما دیا۔اس کا چہرہ دو ہتھیلیوں کے کٹورے میں جیسے بھر سا گیا۔اس پر ریاض جھکا ہوا تھا۔چہرہ پسینے سے تر تھا۔

وہ ایک لمحہ' ایک پل' ایک ثانیہ اُس کو صدیوں پر بھاری لگا جب ریاض نے اس کے ہونٹوں پر اپنے لب رکھ دیئے۔اس نے مچل کر اپنا چہرہ ریاض کے ہاتھوں کی گرفت سے چھڑانا چاہا لیکن کامیاب نہ ہو سکی۔مگر اس کوشش میں ریاض کے چہرے سے پسینے کا ایک قطرہ ڈھلک کر اس کے ہونٹوں تک آ گیا۔ایک نمکین سا ذائقہ اس کے ہونٹوں پر پھیل گیا۔

اس نے پوری قوت سے اپنے دونوں ہاتھوں سے ریاض کو پرے دھکیل دیا۔ریاض ہٹ کر دور جا کھڑا ہوا۔نائرہ کا سارا جسم تھر تھر کانپنے لگا۔وہ ایک جھٹکے سے اٹھ کھڑی ہوئی۔اس کا دل چاہا آگے بڑھ کر ریاض کو دھنک کر رکھ دے۔لیکن اس کے پاوں پتھر کے ہو گئے تھے۔ریاض دور کھڑا مسکراتا رہا اور پھر خمار آلودہ لہجے میں بولا۔

''نائرہ معاف کرنا.........بچہ ہے۔''

دشمن کا سلام

تشنہ بریلوی (کراچی)

یہ ساٹھویں دہائی (Sixties) کے آغاز کا قصہ ہے۔ میں اور ''فاران'' اسکول میں ساتھ پڑھتے ہوئے دوست بنے تھے۔ پھر کالج میں بھی ہمارا ساتھ رہا مگر ہمارے مزاج مختلف تھے۔ اس لیے دوستی گہری نہ ہوسکی۔ میں دوستوں کے بقول 'سیدھا سادا'' لڑکا تھا جبکہ فاران ''ناز نخرے'' والا تھا۔ وہ شکل میں بھی مجھ سے بہتر تھا اور ذہانت میں بھی۔ اور ان دونوں خوبیوں کا اسے قدرے زعم بھی تھا۔ اُس کی یہ ادا دوستوں کو بری لگتی تھی مگر سب طرح دیتے تھے کیوں کہ اس ''خامی'' کے ساتھ ساتھ اس میں کئی خوبیاں بھی تھیں۔ وہ بات چیت میں بہت اچھا تھا۔ خوش شکل ہونے کے ساتھ خوش لباس بھی تھا۔ مزید یہ کہ وہ اپنی ذہانت صرف اپنے ہی تک نہیں رکھتا تھا بلکہ ہم جماعتوں کی بھی مدد کرنے کے لیے تیار رہتا تھا (قدرے فاتحانہ انداز سے)۔

یہ جنرل ایوب کی آمریت کا زمانہ تھا۔ مگر ملک صنعتی ترقی کی راہ پر آگے بڑھ رہا تھا اور پاکستان میں بھی کمپیوٹر کا دَور شروع ہو چکا تھا۔ سب سے پہلے PIA میں بزنس کمپیوٹر IBM1401 آیا جو طاقت میں آج کل کے الیکٹرونک کھلونے سے بھی چھوٹا تھا لیکن نصف صدی پہلے وہ ایک زبردست سائنسی مشین سمجھا گیا۔ ہم لوگ بھی اس کو دیکھنے گئے اور بہت حیران ہوئے جب اُسے تیزی کے ساتھ Continuous Sheets پر پے رول چھاپتے ہوئے اور چند سوالوں کا جواب پلک جھپکتے میں دیتے ہوئے دیکھا۔ ''یہ مشین کیسے کام کرتی ہے؟'' ہم نے پوچھا۔ جواب ملا ''اس کی اپنی زبان ہے۔ مشینی زبان جو اسے ''پروگرام'' کرتی ہے اور جو شخص وہ زبان جانتا ہے اسے پروگرامر کہتے ہیں۔'' ہم مزید متاثر ہوئے جب یہ معلوم ہوا کہ پاکستان میں تو یہ ایجاد اب آئی ہے لیکن امریکہ، یورپ اور مڈل ایسٹ میں بھی اِس کی بہت مانگ ہے۔''

''تو پھر پروگرامروں کی بھی بہت مانگ ہوگی؟'' ہم نے فوراً پوچھا

''پروگرامر تو عیش کر رہے ہیں۔ دلیپ کمار بنے ہوئے ہیں۔ منہ مانگے دام پاتے ہیں لیکن ہر کوئی پروگرامر نہیں بن سکتا۔ سب سے پہلے ایک Aptitude Test لیا جاتا ہے۔''

''Attitude Test'' ہم نے کہا۔

''جی نہیں AP۔Aptitude Test پر زور دیتے ہوئے اور ہماری جہالت پر ہنستے ہوئے

''وہ بھلا کس لیے؟''

''یہ معلوم کرنے کے لیے کہ آپ پروگرامر بننے کی صلاحیت بھی رکھتے ہیں یا نہیں''

''یعنی ہماری عقل کا امتحان''

''ایسا ہی سمجھ لیں۔ مگر عقل سے زیادہ آپ کا رجحان دیکھا جاتا ہے' اگر آپ سقراط وافلاطون سے بھی زیادہ عقل مند ہیں لیکن رجحان نہیں رکھتے تو آپ کمپیوٹر کے لیے بے کار ہیں۔''

قصہ مختصر فاران اور اس کی دیکھا دیکھی میں نے بھی کمپیوٹر پروگرامر بننے کی ٹھان لی۔

خاصی تگ ودو اور سورس سفارش کے بعد ہم دونوں کو ایک بڑے بینک کی طرف سے ٹرینی آپریٹر کم پروگرامر کے طور پر لے لیا گیا۔ فاران نے نہایت تیزی سے اپنا سکّہ جمانا شروع کر دیا اور IBM1401 کی آٹو کوڈ میں مہارت حاصل کر لی۔ افسرانِ بالا اس کی قدر کرتے تھے۔ میں بھی اپنے کام میں خاصا اچھا تھا اور آگے بڑھ رہا تھا مگر فاران کا مقابلہ نہیں کر سکتا تھا۔ فاران کے ساتھ میرے تعلقات ٹھیک تھے مگر اس کی ''اداؤں'' میں اضافہ ہو گیا تھا۔

جلد ہی صورت حال تبدیل ہو گئی۔ ایک بہت بڑے بزنس کمپیوٹر کو IBM نے پاکستان میں لانچ کیا جو ساری دنیا میں دھوم مچا رہا تھا۔ ہمارے بینک نے بھی اس بڑے کمپیوٹر IBM360 کو خریدنے کا فیصلہ کر لیا۔ اس بڑے کمپیوٹر کی زبان Assembler اور آپریشن بہت مشکل تھا اس کے لیے بینک نے صرف دو اشخاص کا انتخاب کیا جن میں ایک ''فاران'' تھا اور ایک ہمارا سپروائزر۔ فاران کی خوشی دیدنی تھی۔ وہ جتنا زیادہ مسرت کا اظہار کرتا اتنا ہی ہم بے زار ہوتے اور اسے ''گھمنڈا'' کا لقب دے بیٹھے۔

مختصراً یہ کہ فاران اسمبلر کی ٹریننگ میں مصروف ہو گیا اور اس عرصے میں IBM360 آ کر لگ بھی گیا۔ ہم سب اس کو دیکھ کر بہت مرعوب ہوئے۔ اس کو چلانے کے لیے بینک نے دو انگریز بھی ہائر کر لیے تھے۔ فاران ان کی ٹیم میں شامل ہو کر خود بھی انگریز بن گیا اور پرانے کمپیوٹر والے ''دیسی'' لوگوں سے بات کرنا چھوڑ دی۔ بس مشکل سے ہائے ہیلو ہوتی۔

بزنس کمپیوٹر بینکوں اور دوسرے بڑے اداروں کی ضرورت بن چکا تھا اور بینکوں کے درمیان اب کمپیوٹر کے میدان میں بھی مقابلہ ہونے لگا تھا۔ یعنی کمپیوٹر اب ایک Status Symbol تھا۔ اسی عرصے میں ''فاران'' کی مزید ترقی ہو گئی اور اسے سسٹم ڈیزائننگ کا ایک اہم کورس کرنے کے لیے انگلینڈ روانہ کیا گیا۔ ظاہر ہے وہ ایک ماہ بعد واپس آیا تو اس کے پاؤں زمین پر نہیں ٹک رہے تھے اور ہم بھی اتنے مرعوب ہوئے کہ اب فاران کو ''آپ'' سے مخاطب کرنے لگے۔ پھر معاملہ قابو سے باہر ہو گیا۔

ایک دن لنچ بریک میں فاران مزے لے لے کر لندن کے واقعات سنا رہا تھا اور اپنی تعریف اس طرح کر رہا تھا کہ ہم سب اندر ہی اندر کھول رہے تھے۔ میں سب سے زیادہ پریشان تھا اور محسوس کر رہا تھا کہ وہ خصوصاً میری انسلٹ

کر رہا ہے۔ اس نے انگریزی بولنا شروع کردی اور کہا ''میرے انگریز دوست بہت حیران تھے اور کہتے تھے ''فاران یہاں لندن میں ہزاروں پاکستانی ہیں وہ سب انگریزی بولتے ہیں لیکن ان کے لہجے سے معلوم ہوجاتا ہے کہ وہ ایشیائی ہیں مگر تمہارا لہجہ اور انداز بالکل ہماری طرح ہے۔ میں نے جھوٹ بولا کہ میں بچپن سے کانونٹ میں پڑھا ہوں۔'' یہ کہہ کر وہ زور زور سے ہنسنے لگا۔ میں بھنا گیا۔

وہ تمہارے انگریز دوست بھی کانی Cockneys ہی ہوں گے، جاہل، مزدور، چوڑے، چمار۔'' میرے اس ریمارک پر سب کھلکھلا کر ہنس پڑے اور فاران کی بھد ہوگئی۔ فاران نے مجھ کو غضب ناک نظروں سے دیکھا اور وہاں سے کھسک گیا۔ ظاہر ہے کہ اس واقعے کے بعد میری اور فاران کی کٹی ہوگئی۔ دشمنی کے سنپولیے دونوں کے دلوں میں جنم لے چکے تھے اور اب ہم ایک دوسرے کی شکل تک نہیں دیکھنا چاہتے تھے۔ بات چیت تو درکنار۔

وقت کا کارواں آگے بڑھتا رہا۔ عرب ریاستوں کی دولت میں 1973 کی عرب اسرائیل جنگ کے بعد ایک دم بے پناہ اضافہ ہوگیا چوں کہ تیل کی قیمت کئی گنا بڑھ گئی تھی۔ اب تو کمپیوٹر انالسٹوں اور پروگراموں کے مزے آگئے۔ فاران حسب توقع جلد ہی ایک اہم سعودی ادارے میں سینئر سسٹم انالسٹ بن کر روانہ ہوگیا۔

ماہ وسال کا پہیہ اپنے دائرے میں گھومتا رہا۔ کمپیوٹر کے میدان میں تیزی سے تبدیلیاں ہوتی رہیں۔ اب ایک اور طاقت ور مشینی زبان ''کوبول'' Cobol کا راج شروع ہوچکا تھا۔ مجھے بھی یہ زبان سیکھنے کا موقع ملا اور میں پروگرامر سے سسٹم انالسٹ بن چکا تھا۔

پھر ایک دن ایسا ہوا کہ میں اپنے پرانے درزی کو سوٹ کا کپڑا دینے کے بعد فریسکو چوک کے قریب برنس روڈ سے گذر رہا تھا۔ وہی برنس روڈ جسے دلّی سے آنے والے شاہی رکاب داروں، کبابیوں، حلوائیوں، نہاری والوں اور شربت فروشوں نے ہر قسم کی لذّتوں سے بھر دیا تھا اور اس طرح یہ علاقہ پاکستان کی پہلی فوڈ اسٹریٹ بن گیا تھا۔ دلّی والے تو ویسے بھی دل والے ہوتے ہیں لہٰذا بقول شخصے یہاں ''بڑی رونقیں لگی رہتی تھیں'' مسکراتے ہوئے لوگ قہقہے اور دلآویز چہرے۔ میں اس پُر لطف محلے سے لطف لیتا ہُوا آگے بڑھ رہا تھا کہ اچانک بغل والی گلی سے ایک سوٹڈ بوٹڈ شخص نکلا۔ مجھے دیکھ کر وہ ٹھٹکا' ہاتھ اٹھا کر سلام کیا اور پھر آگے بڑھ کر'' ہیلو قمر'' کہتا ہوا مجھ سے لپٹ گیا۔ یہ فاران ہی تھا۔ میں بہت حیران ہوا کہ ہم دونوں کے تعلقات تو بے حد خراب ہیں تو پھر یہ اتنی محبت کا اظہار کیوں کر رہا ہے مگر میں نے اس سے کچھ نہیں کہا یہ سوچ کر شاید وقت نے اس کے دل کو نرم کردیا ہے۔ لہٰذا میں بھی اسی گرم جوشی سے ملا۔ قریب ہی حلوائی کی دکان میں ہم نے گاجر کا حلوہ کھایا۔ بیتے دنوں کو فلمی انداز میں یاد کیا۔ ایک دوسرے کا حال پوچھا۔ فاران نے بتایا کہ وہ ڈیٹا پراسیسنگ منیجر بن چکا ہے اور مزے کر رہا ہے۔

''جاب کرنے کا مزہ تو سعودی عرب میں ہے'' اس نے بڑے فخریہ لہجے میں کہا ''انگریز اور امریکی بھی وہاں آنے کے لیے بے تاب ہوتے ہیں۔ مزے کی بات اور سنو وہاں ہر جاب کے لیے مختلف تنخواہیں ہیں۔ اوّل ''اہلی''، یعنی سعودی نیشنل، دوئم خواجہ یعنی یوروپی اور امریکی، تیسرے غیر سعودی عرب اور چوتھے پاکستانی اور ہندوستانی اور دوسرے ایشیائی چھٹ بھیّے''

''تمہیں انہوں نے کہاں رکھا ہے؟'' میرے سوال میں طنز کا تڑکا بھی تھا۔

''اچھا سوال ہے قمر'' فاران مسکرایا یعنی وہ میرے طنز کو سمجھ چکا تھا۔

''رکھا تو مجھے بھی ایشیائی کیٹگری میں ہے لیکن تنخواہ اور مراعات ایسی دی ہیں کہ I am More Than Happy۔ خیر چھوڑو ان باتوں کو اچھا ہوا کہ تم سے ملاقات ہوگئی۔ میں کل ہی واپس جا رہا ہوں مگر تم سے رابطے میں رہوں گا' اپنا پتہ لکھواؤ۔''

مجھے ذرا سی بھی امید نہیں تھی کہ وہ اپنے دشمن سے رابطے میں رہے گا۔

مگر ایک ماہ بعد ہی مجھے فاران کا خط موصول ہوا۔ حیرت کے ساتھ میں نے لفافہ کھولا اور خط پڑھ کر حق دق رہ گیا۔ سلام علیک کے بعد اس نے لکھا تھا۔ ''قمر! یہاں بجلی کے محکمے یعنی شرکہ کہربا کا ڈی پی منیجر ایک سوڈانی شخص ہے جو نہ تو سسٹم انالسٹ ہے اور نہ پروگرامر۔ وہ امریکیوں کے ماتحت کارڈ سارٹنگ اور پینل وائرنگ کا ماہر تھا اس لیے ڈی پی منیجر بن گیا۔ اب وہاں IBM370 آ رہا ہے لہٰذا اسے اچھے پروگراموں کی سخت ضرورت ہے۔ میری اس سے جان پہچان ہے لہٰذا میرا مشورہ ہے کہ تم اپنی درخواست تمام تفصیلات کے ساتھ اسے جلد از جلد بھیج دو۔'' وغیرہ وغیرہ

میں حیران۔ یہ محبت کا سوتا فاران کے دل میں کیسے پھوٹ نکلا۔ ہمارے دل تو ابھی صاف نہیں ہوئے تھے۔ اب میرے دل و دماغ کے درمیان یہ مکالمہ ہوا:

دماغ: پیسہ کمانے کا موقع تو بہت اچھا ہے۔ کیوں نہ قسمت آزمائی جائے۔

دل: مگر اپنے دشمن کا احسان کیوں لیا جائے۔

دماغ: یہ بات اپنی جگہ ہے۔

دل: میں نہ تو درخواست بھیجوں گا نہ فاران کے خط کا جواب دوں گا۔

دماغ: ایسے موقع بار بار نہیں ملتے۔

دل: مگر میرا ضمیر..

دماغ: ضمیر کو مارو گولی بنے بنائے کام کو بگاڑتا ہے۔ سنو مسٹر دل، کیا تم نے فاران سے جاب کے لیے ریکوئسٹ کی تھی؟

دل: ہر گز نہیں۔ میں نے اشارہ بھی نہیں کیا تھا۔ فاران نے خود ہی جاب کے بارے میں لکھا ہے۔

دماغ: تو پھر احسان کا خیال کہاں سے آ گیا۔ بہتر ہے کہ فوراً ہی درخواست سعودی عرب بھیج دی جائے۔

لہٰذا میں نے اپنی درخواست روانہ کر دی۔ اُدھر فاران نے بھی اپنے تعلقات استعمال کیے ہوں گے لہٰذا مجھے سینئر پروگرامر کی جاب مل گئی۔ ویزا بھی آ گیا اور میں خوشیوں اور امنگوں سے لدا ہوا جدہ روانہ ہو گیا۔

جدہ اور اس کے لوگ مجھے بہت عجیب لگے۔ ان کا لباس ثوب بھی حیران کن تھا۔ سعودی لوگ کھانے کے بہت شوقین تھے۔ مرغ مسلّم اور شاورما (گوشت کے پارچے) ان کی مرغوب غذا تھے۔ عجیب بات کہ بیشتر سعودیوں کے منہ سے بدبو کے ایسے بھبکے پھوٹتے تھے کہ آدمی بے ہوش ہو جائے۔ مزید حیرت کی بات یہ تھی کہ ہر سعودی ایک ''گلک'' اٹھائے پھرتا تھا۔ میں نے فاران سے پوچھا یہ ''گلک'' کا معاملہ کیا ہے۔ فاران بہت ہنسا اور بولا ''قمر یہ وہ گلک نہیں ہے جس میں بچے پیسے جمع کرتے ہیں بلکہ یہ تو ان سعودیوں کا تکیہ کلام ہے۔ یہ دراصل ''اقل لک'' ہے یعنی ''میں تم سے کہتا ہوں' یا میری بات سنو'' چونکہ سعودی ق کو گ کی طرح ادا کرتے ہیں اس لیے ''اقل لک'' گلک بن گیا۔ مزید ستم یہ ہوا کہ وہ مجھے قمر کے بجائے ''گامر'' کہتے تھے جو ''گھامڑ'' سا لگتا تھا۔ شروع شروع میں تو میں نے بہت مائنڈ کیا لیکن پھر بعد میں مطمئن ہو گیا

''ڈھیر سارے ریال دو تو ہم ''گھامڑ'' بھی بننے کو تیار ہیں۔''

فاران نے مجھے سمجھا دیا تھا کہ اپنے سپروائزر کو ہر حال میں خوش رکھنا۔ اور خاص کر اپنی انگریزی کا رعب نہیں ڈالنا۔ کئی پاکستانی نقصان اٹھا چکے ہیں۔

چھ ماہ میں مجھے فیملی اسٹیٹس مل گیا اور میں نے اپنی بیوی نرگس کو بھی بلوا لیا۔ فاران کی بیوی ستارہ بھی موجود تھی۔ دونوں بہت جلد گھل مل گئیں کیوں کہ دونوں کو ادب سے بہت لگاؤ تھا۔ میں اور فاران بہت خوش تھے اور سعودی عرب کی بادشاہت کے مزے لوٹ رہے تھے۔ امن وسکون ہر طرف۔ جلسہ، جلوس، بھتہ خوری اور غنڈہ گردی، نعرے بازی سرے سے غائب۔ بس کام اور پھر آرام۔

جدہ میں کوئی سنیما نہیں تھا لیکن چوری چھپے فلمیں لگ جاتی تھیں اور ''ہجوم'' کے نام سے ایک باقاعدہ ہال بھی تھا جہاں مادر پدر آزاد فلمیں بھی دکھائی جاتی تھیں۔ سڑکوں پر پیدل ٹریفک بہت کم تھا اور عورتیں سر سے پاؤں تک ڈھکی ہوئی ہوتی تھیں۔

''یہ سعودی عورتیں'' فاران نے بتایا ''ویسے تو سخت پردہ کرتی ہیں لیکن گھروں میں جانگیہ پہنے پھرتی ہیں۔'' ''حیا'' نام کی کوئی چیز ان میں نہیں۔ حیا برصغیر کا خاصہ ہے۔ ڈاکٹر کے سامنے اپنے ''پوشیدہ معاملات'' بھی بیان کرنے میں جھجک محسوس نہیں کرتیں اور ان میں سے بیشتر مردوں پہ حاوی ہوتی ہیں۔ شامی خواتین خوب صورتی میں یورپ والیوں سے بھی آگے ہیں۔ امریکی یہاں چھائے ہوئے ہیں' دونوں ہاتھوں سے لوٹ رہے ہیں۔ سعودی ان سے بے حد مرعوب ہیں اور امریکی غلامی کو بڑے فخر سے قبول کیے ہوئے ہیں۔''

پھر ایک خوشی کا موقع آیا۔ فاران کے یہاں لڑکے کی ولادت ہوئی۔ فاران اور اس کی بیوی بہت مسرور تھے۔ پہلے بچے کی آمد پر نوجوان میاں بیوی خوشی سے پاگل ہو جاتے ہیں۔

اس خوشی میں فاران نے ایک شاندار ضیافت کا اہتمام کیا جس کا مہمان خصوصی نومولود ''اعیان'' ہی تھا۔ ریالوں اور ڈالروں کی بارش ہوئی۔ نہایت لذیذ طعام پیش کیا گیا۔ ہم میں سے ہر ایک خوشی کا فوارہ بنا ہوا تھا۔ رفتہ رفتہ مہمان جانے لگے اور پھر صرف ہم میاں بیوی رہ گئے۔ نرگس ستارہ کا ہاتھ بٹانے اندر چلی گئی۔ اب میں اور فاران ڈرائنگ روم میں اکیلے تھے۔

''وقت بھی کیسے گزرتا ہے قمر'' بے حد تھکے ہوئے فاران نے آہستہ سے کہا۔

''کیسا ہمارا تمہارا ساتھ رہا اور میں اور تم سعودی عرب میں بھی ساتھ ہیں۔''

''اور ہماری بیویاں بھی سہیلیاں بن گئی ہیں۔ اور میں چچا بھی بن گیا ہوں'' میں نے کہا

فاران مسکرایا پھر اس نے مجھے بہت غور سے دیکھا۔

''ہاں تم چچا بن گئے امید ہے میں بھی جلد ہی چچا بن جاؤں گا۔''

پھر وہ ایک گمبھیر خاموشی میں ڈوب گیا۔ میں نے محسوس کیا کہ اس کی آنکھوں میں نمی تھی۔ یہ نمی کیوں؟

''قمر میرے دوست'' فاران کی آواز بھرائی ہوئی تھی ''میں اس وقت تم سے ایک خاص بات کرنا چاہتا ہوں۔''

''خاص بات؟''

''ہاں خاص بات یعنی دل صاف کرنا چاہتا ہوں۔''

میں الرٹ ہو گیا ''کیسی خاص بات فاران''

''یاد ہے کہ بینک کی سروس کے زمانے میں ہماری لڑائی ہوئی تھی۔ لندن سے واپسی پر پلٹ کر میں نے شیخی بگھاری تھی۔ شان دکھائی تھی۔ اور پھر تم نے بھی ایک تیز جملہ مجھ پر کسا تھا۔ ہم دشمن بن گئے اور ایک دوسرے کی صورت دیکھنے کے روادار بھی نہیں رہے۔ میں نے اپنی غلطی محسوس کی تھی مگر اکڑا رہا۔ تم نے بھی شاید کچھ ایسا ہی محسوس کیا ہو۔''

یہاں ایک دومنٹ وہ سانس لینے کو رکا۔ میں ہمہ تن گوش تھا۔

''پھر میں سعودی عرب آ گیا اور کچھ عرصے بعد عزیزوں سے ملنے اور دوستوں پر رعب ڈالنے کراچی گیا۔ پھر وہ واقعہ پیش آ گیا جس نے مجھے ہلا کر رکھ دیا۔''

''کون سا واقعہ؟'' میں بے صبری سے بولا۔

''میں اپنے دوست سے مل کر ایک گلی سے گزرا اور برنس روڈ پر آ گیا پھر جیسے ہی میں نے موڑ کاٹا تو دیکھا کہ تم چلے آ رہے ہو اور مجھے سلام

کررہے ہو۔"

"میں سلام کررہا ہوں؟"

"ہاں تم مجھ سے بہتر ثابت ہوئے۔ اگر تم مجھے سلام نہ کرتے تو میں چپ چاپ ایک اجنبی کی طرح گزر جاتا مگر میں نے سوچا" یہ میرا دشمن مجھے سلام کررہا ہے تو مجھے بھی اس سے ملنا چاہیے۔" لہٰذا میں نے سلام کا جواب دیا اور آگے بڑھ کر تم سے بغل گیر ہوگیا۔

"یہ فاران کیا کہہ رہا ہے۔" میں نے دل میں سوچا" میں نے تو اسے سلام نہیں کیا تھا۔ میں کیوں سلام کرتا۔" میں کہنے ہی والا تھا" فاران تمہیں غلط فہمی ہوئی تھی۔ میں نے تمہیں بالکل سلام نہیں کیا تھا بلکہ تم نے خود ہی سلام میں پہل کی تھی۔" مگر میرے بدن کی سنسناہٹ اب گھنٹیوں میں تبدیل ہوچکی تھی۔ میں نے ایک گلاس پانی پیا۔ دل سے ایک وارننگ اٹھی" قمر ذرا ٹھہر اگر تو نے فاران کو یہ جواب دیا تو سوچ کیا ہوگا۔ اس کا دل شاید ٹوٹ جائے اس کی آنکھوں کی نمی بتاتی ہے کہ وہ مخلص ہے۔ پھر تمہاری اور اس کی دوستی کا یہ خوب صورت محل کھنڈر میں تبدیل ہوجائے گا۔ سوچ یہ اس کے بیٹے کی خوشی کی تقریب اگر وہ جھوٹ بھی بول رہا ہے تو بھی بحثا بحثی کے لیے یہ مناسب موقع نہیں۔ خاموش رہو اور ہنسی لب پر سجاؤ۔ سنتے رہو اور کم ظرفی نہ دکھاؤ۔"

فاران اب شاید شدّت جذبات سے مغلوب ہوچکا تھا اور سر جھکا کر لمبی لمبی سانسیں لے رہا تھا۔ آنکھوں کی نمی آنسوؤں کی دھار بن چکی تھی۔

میں نے آگے بڑھ کر اپنا ہاتھ اس کے کاندھے پر رکھا اور بہت اپنائیت سے دبایا۔

"ہاں فاران کیا کیا حماقتیں ہم سے سرزد ہوچکی ہیں۔ خیر خدا کا شکر کہ ہم بھول بھلیّوں سے نکل آئے اور ایک دوسرے کے ساتھ ہیں"

گھر لوٹ کر میں بستر پر دراز ہوگیا۔ تھکا ہوا میں بھی تھا۔ نیند آرہی تھی اور جارہی تھی جیسے کوئی پسنجر ٹرین رک رک کر چل رہی ہو۔" فاران کی بات میرے دماغ میں اٹکی ہوئی تھی" کیا واقعی میں نے سلام کیا تھا؟"

اب میں اٹھ کر بیٹھ گیا۔ چہرے اور سر کو گیلا کیا اور صوفے پر بیٹھ کر سوچنے لگا۔ اُس دن کو میں نے بڑی توجہ سے دماغ کے اسکرین پر ری پلے کرایا "میں سوٹ کا کپڑا درزی کی دکان پر دے کر نکلا ہوں۔ ایک جگہ گنے کا رس نچوڑا جارہا ہے۔ ایک بڑے ڈبے میں گنے کا پھوک رکھا ہوا ہے مرد عورتیں اور بچے جمع ہیں۔ میں ان کے درمیان میں سے اپنا راستہ بنا رہا ہوں۔ بھن بھن، روں، روں...... بھن بھن، روروں اور مسئلہ حل ہوگیا۔ مجھے اپنے سوال کا اس طرح جواب ملا کہ میری ہنسی چھوٹ گئی۔

مجھے یاد آیا کہ جب میں آگے بڑھا تھا تو مجھے اپنے ماتھے پر چبھن سی محسوس ہوئی تھی۔ اضطرابی کیفیت میں دایاں ہاتھ اٹھا اور میرے ماتھے سے لگ گیا تھا۔ ٹھیک اسی لمحے فاران گلی سے نکل کر سڑک پر آگیا تھا اور اس نے دیکھا کہ اس کا دشمن اسے "سلام" کررہا ہے۔ پھر یہ ہوا کہ ہم دونوں کی "انا" محفوظ رہی ہے اور ہم پکے دوست بن گئے۔ اور جی ہاں قارئین اب ہم ایک دوسرے کے سمدھی بھی ہیں۔ کس طرح اس مکھی یا مچھر کا شکریہ ادا کریں۔

وہ مکھی تھی کہ مچھر تھا مگر اپنا مقدر تھا

اور ذرا اس بات پر بھی غور کرلیں کہ اگر ہم دوستی کی قدر کریں اور وقتاً فوقتاً اپنے دل کے پیالے کو صاف کرتے رہیں تو زندگی معطر و منوّر ہوجائے گی

پہلے ہوجائے تری دل کی ذرا کچھ تطہیر
پھر سنوارے گی تجھے صبح ازل کی تنویر

(تشنہ)

اُبال

ابرار مجیب
(جمشید پور، بھارت)

صدیاں بیت گئیں اور وہ مسلسل تپتے ہوئے صحرا میں تشنگی لئے بھٹک رہا ہے۔ چل چل کر، دوڑ دوڑ کر، رینگ رینگ کر وہ تھک چکا، اس بے آب وگیاہ صحرا کا کوئی انت نہیں اور دوڑنا، چلنا، رینگنا اس کا مقدر۔ وہ تنہا نہیں ہے، تا حد نگاہ بکھرے، ایک دوسرے پر سوار اور برسر پیکار پتھر ہی پتھر اور کچھ سنہری چٹانیں۔ سورج کی روشنی ان چٹانوں سے لپٹ کر شعلگی میں ڈھلتی ہے اور آنکھوں کی راہ سے اس کی شریانوں میں اتر جاتی ہے۔ بے حس و بے جان پتھروں اور چمکتی ہوئی سنہری چٹانوں کو دیکھ کر تنہائی کے اذیت ناک اور جان لیوا احساس میں اور بھی خوفناک اضافہ ہوتا ہے۔

مارے پیاس کے اس کا حال بے حال ہے۔ اوپر سے سورج کا عتاب، پاؤں میں چھالے، لیکن وہ دوڑ رہا ہے، رینگ رہا ہے، چل رہا ہے کہ مقدر بہرحال مقدر ہے اور کہا ہے کسی اللہ کے بندے نے کہ مقدر کا لکھا بھلا کون ٹالے۔

اسے رہ رہ کر سب کے باپ حضرت آدم کی کم عقلی اور بے وقوفی پر غصہ آتا کہ انہوں نے ایک ناقص العقل کی باتوں میں آکر وہ کام کر ڈالا جس کی پاداش اسے بھگتنا پڑ رہی ہے۔ چند ہی لمحوں بعد وہ سوچنے لگتا کہ اس میں نہ آدم کا قصور ہے نہ ماں حوّا کا اور نہ ہی معلون شیطان کا بلکہ خدا کے بنائے ہوئے سسٹم کا یہ سبھی شکار ہیں۔ خدا کی حکمتوں کے پردے چاک نہ کر، اس کے ذہن میں یہ جملہ گونجتا اور وہ اپنے آپ کو گالیاں بکنے لگتا۔

دفعتاً'' گرم ہواؤں کے بگولے چلنے لگے اور اس کا وجود بری طرح جھلسنے لگا۔ ایک بھیانک چیخ اس کے حلق میں گھٹ کر رہ گئی۔ اچانک اس کی آنکھیں کھل گئیں۔ ''اچھا تو یہ سب خواب تھا۔'' کتنا بھیانک تھا یہ خواب؟ کچھ دیر تک وہ یوں ہی بے حس وحرکت پڑا رہا۔ پھر اسی طرح پڑے پڑے حسب عادت اپنی بائیں طرف ہاتھ مارا لیکن وہی ہوا، ہر روز کی طرح بیوی پہلے ہی بیدار ہو کر جا چکی تھی۔ اس کے دماغ کے اندر کوئی شئے کلبلائی، پھر اسے محسوس ہوا کہ اس شئے نے ڈنک مار دیا ہو۔ اس کا دماغ جھنجھنا اٹھا۔

اس نے چھت کی جانب نگاہ اٹھائی۔ رات بھر کا تھکا ہوا فین سست روی سے گھوں گھوں کرتا ہوا گردش کر رہا تھا۔ چند لمحے تک وہ یکساں رفتار سے گردش کرتے ہوئے فین کو گھورتا رہا، پھر کروٹ بدلی، سامنے دیوار پر ایک پینٹنگ ٹنگی ہوئی تھی، جس میں سرسبز وشاداب جنگل، بلندی سے گرتے ہوئے آبشار، ابھرتے ہوئے سورج کی نارنجی کرنوں اور پرواز کرتے ہوئے سفید پرندوں کو رنگوں میں اسیر کر لیا گیا تھا۔ اس بار اچانک اس کے دماغ میں کلبلاتی ہوئی شئے نے اتنا زبردست ڈنک مارا کہ اس نے کرب کی شدت سے آنکھیں میچ لیں اور اپنے بالوں کو مٹھیوں میں جکڑ لیا۔ اس کے منہ سے ایک گندی گالی نکلتے نکلتے رہ گئی۔

دفعتاً'' بچوں کے ممنانے، ناک دھننے اور پیسے مانگنے کی ضد بھری آوازیں، بیوی کی ڈانٹنے پھٹکارنے اور وقت پر اسکول پہنچنے اور واپس آنے کی تاکید کرنے کی آوازیں اس کے کانوں میں پہنچنے لگیں۔

''معمول کے مطابق یہ سب تو ہونا ہی ہے۔'' وہ دھیرے سے بڑبڑایا۔

تھوڑی دیر بعد قبرستان کا سا سناٹا چھا گیا۔ صرف دیوار گیر گھڑی کی سوئی کی ٹک ٹک جو خود بھی سکوت کا ایک حصہ معلوم ہو رہی تھی۔ چند ہی لمحوں بعد گھڑی نے سات کا گھنٹہ بجایا اور اس کے دماغ میں کلبلاتی ہوئی شئے نے ایک اور زوردار ڈنک مارا، اتنا زوردار کہ اس کا دماغ سُن ہو کر رہ گیا اور وہ خالی الذہن سا چاروں طرف دیکھنے لگا۔

اچانک وہ اٹھ بیٹھا، بالکل مشینی انداز میں اس نے اپنا سلیپر پہنا اور سات آٹھ قدم کا فاصلہ طے کر کے باتھ روم میں داخل ہو گیا، دس منٹ بعد وہ باتھ روم سے باہر نکلا، بیس منٹ کے اندر اندر وہ نہا دھو کر تیار تھا۔ تقریباً'' دس منٹ اسے کپڑے تبدیل کرنے میں لگے، بارہویں منٹ پر وہ ناشتے کی میز پر تھا۔ ابھی وہ میز کا جائزہ لے ہی رہا تھا کہ بیوی نے اسے مورننگ نیوز اخبار لا کر دیا۔

ہمیشہ کی طرح چار مکھن لگے سلائس، ایک اُبلا ہوا انڈا اور ایک پیالی چائے کو معدہ کے اندر پہنچانے تک وہ اداریہ اور فسادات سے متعلق دو اہم خبروں کو پڑھ چکا تھا اور شہر کے مصروف علاقے کی ایک سڑک پر ہونے والے حادثے کی ایک خوفناک تصویر کو دیکھتا ہوا وہ اٹھ کھڑا ہوا کہ ٹھیک اسی لمحے اسے گھر سے باہر ہونا تھا۔

گھر سے نکل کر آفس جانے کے لئے وہ تیز تیز قدموں سے چلتا ہوا بس اسٹینڈ کی جانب بڑھنے لگا، بس اسٹینڈ میں وہی لائن، سب سے آگے ہمیشہ کی طرح وہی دبلا پتلا، لمبا اور الجھے بالوں والا مریل سا شخص اور سب سے آخر میں معمول کے مطابق گنجے سر والا گول مٹول سا بوڑھا کھڑا ہوا تھا۔ بوڑھے کی آنکھیں ہمیشہ کی طرح کسی گہری سوچ میں ڈوبی ہوئی تھیں۔ بوڑھے نے معمول کے مطابق اس پر ایک اچٹتی سے نگاہ ڈالی اور گہری سانس لے کر دوبارہ کسی گہری سوچ میں ڈوب گیا۔ وہ بوڑھے کے پیچھے جا کر کھڑا ہو گیا۔ تھوڑی دیر بعد ایک شخص اس کے پیچھے آ کر کھڑا ہو گیا۔ اس آنے والے شخص کا چہرہ بے حد سپاٹ تھا، کسی بھی طرح کے تاثر سے خالی، اس سپاٹ چہرے والے نے معمول کے مطابق اس کے کندھے پر ہاتھ رکھ دیا، وہ مڑا تو یہ اپنے سپاٹ چہرے پر ایک لطیف سا جذبہ پیدا کرنے کی ناکام کوشش کرتا ہوا بولا۔ ''ارے، بس آئی نہیں ابھی تک؟'' یہ سوال بھی وہ ہر روز اسی ایکشن میں کیا کرتا تھا۔

سب کچھ معمول کے مطابق ہورہا تھا۔لیکن دفعتا'' اسے محسوس ہوا کہ آج ایک بات خلاف معمول ہوگئی۔ سپاٹ چہرے والے کے ٹھیک تین منٹ بعد ہی ایک خوبصورت سی عورت آیا کرتی تھی۔ لیکن آج وہ ابھی تک نہیں آئی تھی۔

شایداس کی کمی کو کبھی نے محسوس کیا ہوگا۔ سبھوں نے محسوس کیا ہو یا نہ کیا ہو لیکن اس نے اندر سے اس کا بے حد گہرا اثر لیا۔

''وہ کیوں نہیں آئی ؟'' اس نے سوچا۔

یہ اپنی نوعیت کی پہلی سوچ تھی جو زندگی میں پہلی بار اس کے ذہن میں ابھری تھی۔ اس کے دماغ کے اندر پھر کوئی شئے کلبلانے لگی۔ لیکن اس بار انداز ایسا تھا جیسے پانی اپنی سطح کے اندر ابل رہا ہو۔ ایک عجیب قسم کی سنسناہٹ اس کے رگ و پے میں دوڑنے لگی۔

تھوڑی دیر بعد بس آگئی۔

سپاٹ چہرے والے نے ہمیشہ کی طرح اس کے دوسرے کندھے پر ہاتھ رکھ دیا۔ وہ مڑا تو بولا۔'' یہ سالی اب آئی ہے۔ دس منٹ اور انتظار، ہنہ جیسے ہمیشہ کے لئے یہ انتظار ختم ہو جائے گا۔ ہمیشہ کے لئے۔۔۔۔''

خلاف معمول اس نے سپاٹ چہرے والے کا ہاتھ جھٹک دیا، سپاٹ چہرے والے کی آنکھوں میں حیرت کے آثار نمایاں ہونے لگے۔ پہلی بار اس کے سپاٹ چہرے پر کسی جذباتی ردعمل کی ہلکی سی پرچھائیں ابھر رہی تھی۔

لوگ یکے بعد دیگرے بس میں داخل ہونے لگے، یہاں تک کہ اس کے آگے والا گنجہ بڈھا بھی تقریبا'' رینگتا ہوا بس میں داخل ہوگیا اور بس بڑھ گئی۔ رہ گئے یہ تینوں، نہیں دونوں کیونکہ وہ تو آج آئی ہی نہیں تھی۔ دونوں کو ابھی دس منٹ اور انتظار کا کرب جھیلنا تھا۔ دوسری بس کا انتظار۔

لیکن ! بہ مشکل ابھی دو ہی منٹ گزرے ہوں گے کہ وہ مڑا اور بگولے کی طرح گھر کی جانب اُڑ چلا۔ سپاٹ چہرے والے نے خلاف توقع اسے اس طرح لوٹتے دیکھا تو اس کے دماغ کی صدیوں سے خوابیدہ نسیں بیدار ہوگئیں۔ اس کے چہرے پر زلزلے کے آثار ابھر آئے، چند لمحے تک وہ گہری گہری سانسیں لیتا رہا اور پھر اچانک ایک نعرۂ مستانہ لگاتا ہوا سڑک کے بیچوں بیچ دوڑ پڑا۔

گھر پہنچ کر دندناتا ہوا وہ کمرے میں داخل ہوگیا۔ اس کی وحشت زدہ حالت دیکھ کر بیوی کے منہ سے تحیر زدہ چیخ نکل گئی۔ لیکن اس نے کوئی توجہ نہیں دی اور دیوار پر ٹنگی ہوئی پینٹنگ کو اتار لیا۔

''یہ کیا کر رہے ہیں آپ؟'' بیوی چلائی۔

'' کچھ نہیں، کچھ اندیکھے ہاتھ ہر شئے کو قید کرتے جارہے ہیں، سبھوں کو غلامی کی زنجیریں پہنا رہے ہیں۔ پابندی، وقت، ٹائم ٹیبل، اصول وقواعد، رنگ، برش اور کینوس، ہنہ سالے حرامی کے پلّوں۔'' وہ غصے میں پاگل ہوا جارہا تھا۔

اس نے پینٹنگ کو فرش پر دے مارا، کچھ دیر تک اس پر اچھلتا کودتا رہا، جب اس کا کچومر نکل گیا تو اس نے اسے لے جاکر کچرے کے ڈبے میں پھینک دیا۔